愛的幸福存摺

游乾桂 著
Yumi You 圖

第三本存摺：幸福的如煙往事

第四本存摺：幸福在發酵

第五本存摺：幸福可以很簡單

自序

愛的存摺

這些年慢慢理解一事，人生真的像一本存摺，但到底應該存下什麼？多數人只存了錢，孩子頂多懂得還錢。

有一年我閒散走在路上，兩個小學生熱情對話中，其中一位問另一位，可以一塊玩嗎？他說不行，要去「安親班」，最後的結論讓我感到震撼：「老了以後他們一定會去養老院！」

這是我們忙於工作賺錢忽略孩子，附帶奉送的悲劇。

這間家庭銀行應多存一顆心才是，也許這樣一來就可以兌換惦記與幽幽流淌的念想。

一九八四年莊稼還沒收割完，兒子躺在我懷裡睡得那麼甜，今晚的露天電影沒時間去看，妻子提醒我修修縫紉機的踏板，明天我要去鄰居家再借點錢，孩子哭了一整天啊鬧著要吃餅乾，藍色的滌卡上衣痛往心裡鑽，蹲在池塘邊上狠狠給自己兩拳……

……

……

多年以後我看著淚流不止，可我的現在已經老得像一個影子……我的身影在風中像一張舊報紙。

這是董玉芳在《父親寫的散文詩》裡的一段文字，我在某日清晨三點三十分淚眼翻讀它，此刻天空微雨，車子壓水而過的聲音在寧靜時分顯得格外刺耳，頃刻間我也淚流不止想起一些事。

闔上眼，一些陳年往事飛過來引著我不斷思考：為何上一代惦記，每每需要到了我們也老到快要記憶埋葬，成了別人的上一代時，才會用心酸的形式來懂？

不能早一點理解嗎？這樣痛就會少一點，如果早一點明白人生不過一瞬，「緣分」其實沒有那麼長，稍不留意就會灰飛煙滅，成了無法失而復得的「絕版品」時，會不會更珍惜一些？

緣的初始模樣許是珍貴的，因為有緣，彼此會成為父子母女，活脫脫從襁褓之姿長成玉樹臨風或者亭亭玉立，緣分一定是濃的，但卻淺，大約十八歲，進了大學窄門，跨過楚河漢界那條黑水溝探訪人生之後，很多人便大步向前，忘記回頭，緣分便成了一條隱在暗渠之內，看不見的影子。

「老了之後方知老」的確很寫實，卻很悲悵，懂了之後很想不懂，因為懂了等於痛了。

我與父親的人生交錯不足二十五年，至少有十年完全沒有印象，有五年的時間很怕他，四年想逃，最後識得不及四年，他便等不及我的熟成羽化登仙了，我還不確定發生什麼事啊？他就走了，而且永遠，地點：墓園，名字叫「天堂」，單行道，沒有回程票。

沒有人教過這些實相的人生哲理，我們便欠缺智慧理解，接踵而來的是蜂忙人生，時間立馬撥成快轉，路上的風景被抹拭，直到臨老，記憶的扉頁才在一陣風輕輕撩撥之後，漸次掀開，緩緩走進回憶的世界，才懂得父母的愛是與眾不同，有著屬於他們自己那個時代，用不動聲色，無聲勝有聲的方式表達。

冬天異常冷冽，涼風刺骨的蘭陽平原，我與他經常一起工作幹些農活，但對話交談並不多，寒流凍到我打哆嗦，父親就會靜靜的走到身旁，脫下上衣，披在我的身上，那是一件排隊多時從教會牧師手中領取回來的美軍卡其外衣，非常保暖，他用它蓋在我的頭上遮雨；暑氣逼人的夏，汗如雨，他則會溫柔的喚我到相思樹下乘涼休息一會，人家給的好吃的東西，他用姑婆芋包著帶回來給我，現今想來這些全是愛吧。

當時年少可能不懂、不理、不屑，而今想了起來真想狠狠的揍自己兩拳。當父母的誰不是自以為是用珍惜的心路種下緣分的，只是子女未必當下都能解讀吧，甚至常常出現亂碼，理解錯了，以至於塵封幾十年，甚或半個世紀。

這些事兒會懂的，一定會懂的，每個父母都用全部的愛去守護孩子，害怕給予的不是最好的，這樣深藏的親情，哪有什麼難懂，只要自己老皺到像一張舊報紙，而且開始依樣經歷父母的老軌跡時，馬上會明白他們的用心、關心、擔心與操心，這是一種復刻，全帶上了「遺憾」，最後得了一個潸然淚下。

父親離世之後，我允諾好好照顧媽媽，後來又因忙碌變得不懂了，直到媽媽離世，留在人間的禮物只剩思念，才又懂了。

生離死別化約得來的哲理，來來去去，反反覆覆才懂，真的太殘忍了，怕有人再度重蹈覆轍，我因而花了一年多的時間，在書桌前闔上眼揮淚反思，一筆一畫在電腦上按下鍵盤，書寫出暮鼓晨鐘的叮囑，希望閱讀這本書的人來得及「早知道」！

媽媽無狀無名了，有一段時間失眠成了常態，暗夜中，眼睛明亮望著夜空重新搜尋得出來的人生新地景，書寫的起初像自我療癒，但失去媽媽的悲與人何干？於是修了又改，改了再寫，放棄了六七個版本，終於磨出寒光斂盡，能使人開悟的溫度，不再只是傷感，而是含藏了愛與親情，美與義理的暖心作品，它因而不止是我的事，也是你的事，文字裡濃厚的情感一定會撩撥你的情緒，甚至逼哭了你。

那就哭吧，這樣也許才能在下一堂課學會了「珍惜」。

這一本書乍看是親情，細看是教育，慢慢咀嚼出味道，便是我的人生哲學了。

游乾桂　寫於閒閒居之聽雨軒

第一本存摺

追憶幸福

日本導演是枝裕和慣常用如詩、如禪的風情拍攝出有味的電影，撩撥出潛在心靈底核的密碼，一起摸索人生；他一定程度受了盛名之累，連帶生活也受了影響，忙於拍戲因而疏忽了年邁的媽媽，母子相會成了千萬難之事，百忙之中，相約各自從地鐵出發，東京用餐，再依依不捨的說上一句再見揮別，如此如常的事，其實藏了無常。

有一回，猛然抬頭，他發現老媽媽變得蒼老許多，心想，這一次再見會不會無法再見？

一語成讖，那次道別之後竟是永別，他一直懊悔沮喪，因而想拍一部片告訴世人，人生沒有永遠，愛要趁早，這便是《橫山家之味》這部電影的由來。

人生在禪師眼中大約三天：昨天、今天與明天。

昨天是過去的，逝者已矣，不可追，明天是未來的，雲深不知處，根本見不到摸不著，寄望於它無疑空想，今天是當下，就在眼前，但有多少人懂？有時一個擦身可能是永遠。

宋代大師青原行思為禪宗理出了人生三境界：看山是山，看水是水，及至有悟，看山非山，看水非水，最後，看山仍是山，看水仍是水。

即使我比他人更早領略紅塵裡的親緣不長，需要好好把握，卻因沒人提前告知，只能慢慢摸索理得，在自己有了孩子當了父親之後，才了解何謂「牽腸掛肚」，如何因為孩子的晚歸而放心不下，自己老了才明白父母真的會老，只是，即使後來都懂了，他們已在天上，我在人間，陰陽兩隔了；媽媽一定希望我早一點懂，我卻在反覆磨難之後才理解她的心事。

媽媽要我載她買藥，一定程度表明她有病痛需要療癒，那個當下我何以不懂？我又做了什麼？她又忍受多少辛苦？而今物是人非，追憶裡溢出淡淡哀愁。

「早知道」！

本該是「驚嘆號」的人生，我們往往無知的把它演成了一個大「問號」。

我同樣愚鈍，也是在媽媽吞吐最後一口氣，量不到脈動，眼睛緩緩闔上，拔掉身上所有維生管子，移靈、助念、安魂、淨身、立牌、封棺，接著便是忙亂半個月，我來回奔馳在雪隧裡，為她打理人間法事，才懂的。

火化的那一天，高溫的火舌以一千二百度之姿吞吐，焰紅如霞，青光修造，如佛接引，媽媽被緩緩送進了生死永別的火爐，白煙從火化的灶口飛升飄散，與山巒渺渺的嵐霧結為一縷輕煙，二小時後，法身消融成白骨，媽媽的新家叫做「骨灰罋子」，法師一片片放進她的一生。

陽世結束，剩下思念。

回憶有如一張張陳年老相片，簾幕緩緩拉開，在眼前鋪排，我時而笑時而哭，漫溯在記憶裡。

我與她人生交錯的五六十年，的確很難說忘就忘，想了會酸，忘了最好，但時光的軸線，卻往往平行的把我拉回從前，某一個時段的鮮明，靜下來便盤據襲來，或者電影不時倒帶播放，紛雜往事慢慢沉澱成現在的甘醇，我分鏡回想。

思念為何老在珍愛的人離開之後才懂得開始？

這是我不解的。

如果有愛，可否及時？

這是我想的。

說穿了，人生不過是一列往墳墓的列車，我們無有選擇的坐上車廂，終究會在某一天下車，可以擇定起點就是終點的灰色人生？也可以轉個彎就是幸福，懂得坐看雲起時，充滿風情。

一輩子不止是我們的，還有家人，不該只是一條急駛無有回頭的單行道，應是用心打造一段亮彩，量得出脈動的幸福。

1 媽媽的搖籃曲

關於這本書，起手勢我想從這個小故事說起！

宜蘭雨聲撲通落了三四十天後的天青之日，我返回員山探望從美歸來短暫小住的小學同學，我們在他的別墅客堂裡，一樓落地窗下暢談，眼前是日式風格的花園，喝著我帶去的烏龍茶聊著過往漸次濛濛的童年，帶笑中他說起前後十三四年的外交官生涯，父親在他的加拿大任內往生，媽媽則在美國任內過世，這些年他常常無有分說的想起他們倆，淚眼婆娑：「替他們做過什麼？」

「有何美好記憶？」

結果竟是淡淡的，慘白的，沒有深刻痕跡。

「忙什麼？」

連他也不懂，為何人生必須行路匆匆像光影一樣，一刻不得閒？

他挪挪眼鏡輕輕吐了一口氣，告訴我一件小事：

父親赴美陪他小住時，他不懂為什麼每回在書房工作，父親便會溜了進來，不動聲色的坐在沙發上，打盹發呆，或者靜靜凝望他工作，原來那叫「陪伴」，一個老父親無聲勝有聲的「愛」。

我因為這個故事，想起媽媽，兩個大男人竟因而淚流不止。

小時候我們都睡了之後，媽媽會查房，點了一根紅色小蠟燭，提著它，緩步摸黑穿過老舊房子的長廊，在颯颯的風中前進獨行，畫面有如聊齋裡的鬼故事，我確定媽媽怕鬼，但為了孩子便什麼都不怕了。

我一直是愛哭鬼，無分日夜，惱人的哭，家事煩忙的她只好用精巧編織連夜趕製布背帶背上我，在廚房中一面燒菜一面有律動的走動，製造出宛如子宮的安全效果，哄我入睡。

父親砍下幾節竹子，做出一個合宜搖籃，把我置入其中，媽媽灶前升火，避免我被煙燻，會用一條長長的布線伸縮自如當成搖動的工具，纏結手心，一面顧火，一面輕輕晃動。

這畫面我是後來聽說的，萬一招術失靈，媽媽會停下手上的工作，清唱安眠曲，詞兒大約是寶寶睡，寶寶睡……我的寶寶好好睡……

我是在她的愛中長大的，以至於當安養院工作人員來電告知媽媽有一段日子都沒睡好時，我很自然想起這些畫面，一手握著她的手，另一手輕撫其風霜的臉，嘴裡哼唱著她流傳下來的，當年她輕唱的安眠曲，詞兒改成：

媽媽睡
媽媽睡
媽媽你要好好睡
星星在等你
月亮在等你
夢在等你了
……

……
我會一直陪著你
……。

我瞎編亂唱，一如當年的她，媽媽聽著聽著悄悄睡熟，香甜入夢的臉龐像個孩子，看著看著我竟忍不住淚濕了襟。

這些事其實我們該懂的，只是因為忙了，時間溜了，貼心藏日躲了起來，以至於忘了，再看陳曦作詞，董冬冬作曲的：「時間都去哪兒了？」我便非常有感觸了。

門前老樹長新芽
院裡枯木又開花
半生存了好多話
藏進了滿頭白髮

記憶中的小腳丫
肉嘟嘟的小嘴巴
一生把愛交給他
只為那一聲爸媽
時間都去哪兒了
還沒好好感受年輕就老了
生兒養女一輩子
滿腦子都是孩子哭了笑了
時間都去哪兒了
還沒好好看看你眼睛就花了
柴米油鹽半輩子
轉眼就只剩下滿臉的皺紋了
記憶中的小腳丫

肉嘟嘟的小嘴巴
一生把愛交給他
只為那一聲爸媽
時間都去哪兒了
還沒好好感受年輕就老了
生兒養女一輩子
滿腦子都是孩子哭了笑了
時間都去哪兒了
還沒好好看看你眼睛就花了
柴米油鹽半輩子
轉眼就只剩下滿臉的皺紋了。

這首歌是考古題，在媽媽離開塵世的那段時間裡，我不斷反覆垂問：

愛是什麼？

是用錢換？或者用時間？

沒空是真的？還是托詞？

惠特曼的詩裡說：「全世界的母親是多麼的相像！她們的心始終一樣，每一個母親都有一顆極為純真的赤子之心。」

父母照顧我們從沒理由，我們卻不願在他們身上多花一分鐘，我見過太多皮球，一個月一個月間在子女的家流浪，時間一到便被踢出家門，演出一齣「情何以堪」。

時間是加法，一加一等於二，一直加便成了記憶。

也可以是減法，一減一等於零，一直減便是遺忘！

或者乘法，九乘九等於感恩。

但很多人用除法，除來除去，讓愛慢慢剩下一些零散的餘額！

人生太像騙術，鍛燒火烙才能露出真實，我們必須愛他們，是因為他們曾經無悔無怨愛我們啊，只是年代不一樣，用料不同，不細細品味，可能把愛誤當成恨了，歲月與成熟確實撥雲見日，只怕往往遲了，留下懊悔。

懂太慢，愛太遲，成了一輛遺憾列車，我們好像都在裡頭。

從老家員山返回台北時，媽媽與我同行，在市街設下圈套，讓我左轉，車子在宜蘭公園青翠的綠草地旁，一間有名的中藥舖停下，借言自己要抓幾帖藥，下車掏錢購買，喜孜孜的帶回香氣噴鼻的中藥材，人蔘是必要，可以入味的還有紅棗、枸杞、黃耆等等……看來頂補的，後來啊，我總在有一天，一隻藥膳雞的鍋煲上看見一模一樣的處方，原來那全是「以愛之名」替我買下的養生補品。

媽媽生病住院我無怨伴著的理由也是愛，握緊她的手，因為她同樣握緊我。

國中暑期我去打工修築堤岸，手指在傳接石頭中被壓裂，鮮血不斷噴出，被急診送醫，但醫生束手無策，無法縫合，包紮返家休養等它自然痊癒，過程中她也是這樣默默的握住我的另一隻手！

媽媽生病輸血，我被囑咐要替媽媽從輪椅把人抱上床，因而陸續閃了五次腰，目前仍有後遺症，經常發作。

愛這個字很難說得清楚，媽媽的年代是「含蓄主義」，像謎語，用猜的；我的年代是「透明水母狀」，喜歡說清楚，最好一看就懂！

直到遇見泰戈爾的格言：「愛是理解的別名。」

我懂了，兩代之間確實是有差異，但必須靜下來用「心」理解。

2 價值的事

我喜歡坎布里奇的說法：「一件事的價值大小，應看它能帶來多少幸福。」幸福兩字可能還要加上珍惜，有人統計，踏入社會之後，與父母相處的時間零零散散總合起來不足五十五天，起站叫「忙碌」，終站叫「後悔」，最有溫度的語詞是「珍惜」，否則會像斷線風箏，隨意游移；這道理不難理解，但真的懂得的人少之又少，離開校門有了工作之後，我們單飛前程，忙就如影隨形，探望父母從每周一次，稀釋成每月，再改成每一個節日，之後剩下過年，我們的角色也從別人的兒女慢慢成了別人父母，漸次忘了自己有父母。

算式其實很簡單，十大於五，這是數學題，但人生卻往往五大於十？那是哲學題，前者是價格，後者是價值。

我與多數人一樣很慢才懂得其中的道理：

「何時回來？」

我答：「有空的時候。」

「想回來吃菜頭粿嗎？」

我輕描淡寫：「想，但很忙。」

「很想出去走走。」

⋯⋯

⋯⋯

我置之不理。

這些話隱藏著「我好想你」的暗語，在媽媽離開人間，思念開始時才後悔莫及。

《生命清單》我們都太過世俗化，演成價格的事：

想得一個億。

擁有一棟華屋。

要買一部雙B好車。

多買幾只名牌包。

中樂透。

……

……

這些事兒的配件正是「忙」，得的叫「錢」，換算成「虛空」。

浪漫的事到底做過幾回？

停下來用一頓燭光晚餐。

講些悄悄話。

牽著她在月光下散步。

替她痠痛的腳按摩舒壓。

……

慶幸我還記得做出一兩件事值得她開心的事：

那是某一年的秋，天空微雨的午後，媽媽語意模糊的提案，我一時半刻想不出

「老家」指的是哪個家？猜想，大約可能有三處：

員山老家有我的童年往事，也是她與父親胼手胝足編織起草人生，賺得亮澄澄的第一桶金的地方，溫泉是這個宅子的標誌，父親當年僱工挖了二十米深度取得泉眼，青綠上色的打水器，加上電動汲水器，標示我家有溫泉，水溫三十度，冷冽的冬日洗碗盤就不致凍著。

我口沫橫飛說書記憶，她似懂非懂，我告訴她洋灰水泥屋的前身是三合院，左邊雜貨店，販賣鹽、糖、米、油、菸、酒等等，郵政代辦所的記憶藍本鮮明，它在丙丁雜貨店的門口，紅綠兩座郵筒是標記，專寄子女離家之後給父母的鄉愁與親情；廚房裡的一座水槽，是父親專為母親設計的，用來儲水與養魚，水槽下方躲著一隻十多年的老青蛙，在那裡守株待兔等待掉下來的廚餘，呱呱呱的喚應做飯時的媽媽。

兩張撞球台是我家副業，我六歲拜師習藝，打了一台好球，小學就有一桿清台的本領，應該不遜於任何國手了，我的責任是負責陪高手過招，聲名遠播，常有移

防軍人指名挑戰，媽媽引以為豪，講述這段往事時她的嘴角微微上揚，我猜她可能想起那時的美好時光了。

三合院的天井養了雞鴨，我與弟弟經常奉命到田邊撿拾田螺，搗碎後用來餵鴨，我特別舉例「養過一隻尾巴超長的帝雉」，後來被爸爸放飛我哭了很久……，這些故事不知可有存在她失智的地圖裡，有似無？但她卻笑了。

午餐熬了一鍋她與父親最愛的地瓜稀飯，菜脯蛋讓她穿越時空想起一些事，指著眼前的一個空位，說他喜歡坐那兒，是嗎？爸爸真的坐在那裡？

寒暑假我陪父親一起除草、施肥、摘果的那座金棗園，旁邊有一間老房子，應該有百年歷史了，曾是他們的溫暖小屋，度過人生裡的風雨十年。

媽媽漫漶的記憶中依舊留存屋後有一口湧泉水井，但我遍尋不著，最後撥開雜草在半人高的草堆裡找著，水依舊清澈，汩汩不停的冒波而上，老房子易手多回，早是別人的地產，我敲門說明來意，告知我們是前前前主人，媽媽想來追憶她的逝水年華，主人熱情倒茶招呼，媽媽彷彿失智乍醒，記憶明澈如鏡說著他們的歷史，我醉在其中，聆聽前世的事，離開前媽媽鞠躬道謝，一臉滿足。

唐朝王建說：「一間茅屋何所值？父母之鄉去不得。」

我想啊，改成父母之鄉要去得會不會更好一些。

五結阿嬤的家是老三合院，前面是廣闊的田地，後面有河有井，有媽媽最純真的人生歲月，她的兄弟姐妹各自嫁娶，歲月淘洗，從常常見面到難得一見，一轉眼走到了人生邊上，只剩她與小舅健在人世，姐弟好久沒見，我使之圓夢；舅舅見到媽媽下車，熱情的走了出來，激動喊了一聲：「阿姐。」淚水便不聽使喚的奔放落下。

姐弟用想念上妝，我在一旁也跟著鼻頭酸不停拭淚，真後悔沒有早一點讓他們相見。

蕭伯納相信：「世界最不平凡的美在那個平凡的家，它藏了溫度、愛與親情。」

「永遠」兩字真的是假的，人生字典裡根本沒有這一句話，一輩子，不過百年爾爾，不是八百彭祖！

「以後再說」，「下次再來」，「有的是時間」這些托詞，最好別說，因為人生往往只是一個轉身。

「永遠」二字是幻術，「永別」隨時降臨，高爾基說：「世界上最快而又最慢，最長而又最短，最平凡而又最珍貴，最容易被人忽視，而又最令人後悔的就是時間。」

因為人生不是一條真的長河，不會永遠存在，它會被慢慢吞噬，過一天少一天，過一個月少一個月，過一年便少了一歲，結果是忘了家人，忘了父母，忘了風花雪月了。

這些事我全想通了時，媽媽已在加護病房與人生做最後的拔河，每天只有早晚兩回各幾十分鐘的探視，母子親緣快如星火墜落時，我後悔想著：還欠她一次夕陽、一碗米粉魚丸湯、一場旅行……。

「有價值的東西只有對懂得的人才有意義。」

我們總有一天也許懂了，只是往往太晚懂了。

3 愛的化學變化

媽媽的最後一程是在生死門內用高溫煉化，將一百六十公分的身體，消散成一堆零散的灰骨推了出來；雨在此時落了下來，山嵐霧氣從山滑降，停在林間樹梢，法師唸佛拼湊，骨灰罈子成了新家，擇日埋入離世三十年的父親的墳，再度成了陰世夫妻。

人生最終回結束了，下一次相會只能在夢中了，忽而添了一股酸，在鼻腔上來回翻湧，引動淚眼，流盪出李清照：「花自飄零水自流，一種相思，兩處閒愁，此情無計可消除，才下眉頭卻上心頭」的〈月滿西樓〉。

從此之後，「媽媽」兩字便不能再用喊的，而是凝結成牆上的一張必須抬頭相望的相片，名字改成「思念」，透過一些想像才能與她串連，我的眼睛世界裡再也無法有她了。

媽媽的遺物之中最特殊的是一只亮澄澄二十四K金的戒指，連同手鐲與金鏈子，生前要做各式檢查被卸除下來我保管，但我並未格外珍惜，隨意擺放在家中一角，離世後整理遺物才又翻找發現，鏈子有些沉，應該值錢，鐲子並非翠玉，脫落斷裂，修補鑲金，金戒指則是她的寶貝，我記得媽媽一直戴在中指，彷彿一種告示。

這些不太值錢的遺物我曾想過：是否該告訴家人，是否該平均，是否該在火化之後陪著媽媽一起入墓？私心讓我留下它們成了一個人的想念，在價格上，即便是金玉也值不了多少錢，但換成思念則是無價的。

金戒指是媽媽的訂情物，呵護有加一直未離她的手，陪伴她越過宜蘭河，穿越山洞，視線離開龜山島，千里風塵北上探視我，依舊定格在手上，黃澄澄的，閃爍出一種堅貞，即使結婚初期，有過困頓，典當了很多身外物，但這只戒指卻一直存在，沒有摘卸下來交給當舖，不褪色的九九黃金見證的是愛情，父親在世時戴在手上是愛，他離世後戴在手上則是思念吧，長相思兮長相憶，短相思兮無窮極。

戒指現在是我的「傳家之寶」，它不止是懷念，也提醒了愛有不同款式，我用它的精神轉化成與愛有關的事。

屏東的善導書院與我非親非故，當院長告訴我一萬二千公斤收成的鳳梨，深怕一時半刻沒銷售完而爛掉，我會急得如熱鍋上的螞蟻，火速發起共購活動解困；漸次明白原來是她有一張與父親相似的「愛的地圖」，替人照顧二三十個窮苦孩子，給照料受教育，以致勞碌得讓自己一直病奄奄，龐大的財務依靠的不是巨額募捐，而是如農禪般，一日不作一日不休的精神，那與父親的哲學太相像了，都是為別人而活的人。

我不知父親是否懂得「且向山中過幾年，能詩能酒似神仙」的生活哲學，但一定明白「世上無多日，慈悲做好人」。

媽媽的訃文更像一張愛的地圖的見證書，陽世子孫一字排開，姓氏出奇特別。

大姐姓林。

二姐姓陳。

大哥姓游。
三姐姓張。
四姐姓許。
我與弟弟姓游。

那正是我家的「領養故事」，起頭與電視劇的劇情無異，大約就是夫妻結婚多年，沒有子女，想撫養一個孩子，大姐因緣聚足，十多歲時進了游家，二姐隔兩年成了我的家人，他們全未改姓游，時間久遠，老人凋零，我也難解其謎了。

務農父親並未擁有連天連海的大片園子，頂多領養兩個就足夠應付勞務了，不需要大量幫手犁田鋤土，但父親彷彿上癮，一個接一個，來來去去據說不是帳上的六七個之譜。

媽媽離世之後，為何領養這麼多人的故事成了一樁懸案，只能從當年的被領養者，我的兄姐們的口中問明，但他們看法各有不同，「愛」是最大的交集，覺得爸爸是一尊菩薩，下凡化身來解救他們的，當年我家的物質條件並不優渥，餐餐都得費勁張羅的父親，有何能耐替人照養孩子，而且並非一兩人，是一群人，如來心的確匪夷所思。

父親的功德不是金錢的，而是結構上的突變，對照他們的原生家庭，各自的家人幾乎都沒上學，兒女至多小學畢業，零工維生，務農持家，但父親許是相信知識有力量吧，盡可能讓大哥跳脫宿命，讀完陸軍官校像個大學生，他的兒子台大電機研究所畢業在華碩上班，兩個女兒當了小學老師，對應原生家庭便有天壤之別了，學歷不是故事的核心，而是愛的化學變化竟是如此之大，彷彿「翻轉教育」。

「再窮也要讀書！」

父親沒這麼說，但我這樣猜想，而且努力實踐但丁的格言：「愛是美德的種子。」

父親的愛加上媽媽的默許：「不差一雙筷子！」成就一段美好因緣，是呀，不差一雙筷子，但六七張嘴真的沒差嗎？

父親的愛變化了別人，同時變化了我，當年也是因為大哥的堅持，我才進了大學窄門，父親的愛起了漣漪和受育者的報恩，我們因而成了幸福之人，白朗寧的說法應該是可信的：「我是幸福的，因為我愛，因為我有愛。」

4 放手就是永遠

印度有句格言：「世界上一切其他都是假的、空的，唯有母親才是真的、永恆的、不滅的。」

我從中看得見畫面：

上了年紀的老媽媽從甘肅老家帶著大包小包補品，搭上火車轉了幾趟公交車，一路千辛萬苦趕在母親節前夕抵達女兒的家，大門打開的瞬間，女兒驚呆了：「你怎麼來的？」

這是一部催淚的公益廣告短片，令人省思。

我有過同樣的疑問：「不識字的媽媽如何從宜蘭來台北找著我的？」

交通工具確實是火車，但翻山越嶺應有難度，慢悠悠盪開，經由窗景，煙雨濛濛到雲霧盡散，稻田收割完畢，油菜花未開，黃中帶青的景色是出城，火車過了頭城便是海，通過龜山島後，到了福隆站，傳來清亮的便當叫賣聲，小憩一會便到台北，再轉乘公車到我家；媽媽不識字，看不懂站牌，世界只有宜蘭，甚至只在員山溫泉附近方圓的一里地內，很少出遠門，最常去的地方是娘家，多半是父親用腳踏車載回去，但為母則強，可以拎上大包小包，一人獨行北上找我。

愛原來是驅動力，用思念加碼的。

兩隻雞、五支竹筍、一瓶菜脯、兩罐花瓜，以及出門前剛剛用油炸得酥爛的卜肉，加上一堆叮叮噹噹的雜物，這是她舟車北上提來的清單，費時三四小時，一轉再轉，最終精疲力盡靠在我家電梯口的牆邊，打瞌睡等我下班回家，電梯門打開的瞬間，我被驚呆了。

那一年，媽媽八十歲了，即使硬朗，但歲月沒少放過她，灰白的頭髮，佝僂的身子，因風濕變了形的手，走起路來不很順暢的雙腳，因為兒子，可以背著沉重行囊，翻山越嶺，一路風塵，大約只因一個想念。

我是臘月出生，媽媽懷胎十月，她在病床前磨難了兩星期，像豬一樣嘶吼才把我生了下來，那季節是冬，蘭陽的風正揚起，雨濕漉不停落著，冬雨冷冽，隨著風從衣領的缺口一溜煙的滑進了身子，冷颼颼的，父親笨拙的燒著開水，蒸氣冒了出來暖和三合院的磚瓦房，退避蘭陽刺骨的嚴冬。

媽媽像電腦，可以鉅細靡遺的記得關於我的所有童年往事，她說我八個月大就能走路，歪歪扭扭的很有趣，九個月便會小跑步，但腿曲成O字型，十一個月能說話，我猜想啊，在媽媽眼中的所有兒女應該都如我一樣像個奇人吧，難保沒有加油添醋的成分。

我的前半生正巧是媽媽的下半場，她對我只有無怨，再怎麼付出都不喊苦，而我卻因少不經事的一直埋怨，我們因而交錯成淡淡哀愁。

「我們老得太快，但聰明太遲！」

這句瑞典格言點撥的分明是我，全懂了，老媽媽就老了，再遲疑便是「送行者」。

我需要媽媽時，她說我在，但媽媽需要我的時候，我在哪？有想過她嗎？

我們用一張叫做「忙」的蜘蛛網困住自己，搪塞一切，我也不例外，其中還有一種叫做錢的東西，它恍惚隔離了親情。

日本潭奄禪師生前寫過一篇短詩：「吾年三萬六千字，彌勒觀音幾是非，是亦夢，非亦夢，佛云應作如是觀。」意指人生如夢？

是吧！

與宇宙一百五十億年，地球四十六億年相比，人生真的一瞬，開場之後一直向前走就是結束，夢一場。

媽媽紅塵的最後一里路，我經常這一站家稍做休息，下一站醫院要決定媽媽生死，離開加護病房的下一站要打起精神與禮儀公司的人員商談後事，購買她的天國單程票，我糾結在感性與理性之間，常常痛下兩行淚。

最後一日，我才剛從醫院返家，前腳跨進家門不久，梳洗疲憊的臉，喝了一口水，正想小睡一會，醫院護理人員的電話便如急急如律令響了起來，我有不祥預感，進到病房，我探摸媽媽的身體仍有微溫但鼻息全無，撒手人寰了。

大悲無淚，我合十默禱，祈求諸菩薩引她一路好走，我與她合演的「半百人生」就此終結。

我的表現近乎冷靜，一隻手握著媽媽的手，凝視著，另一隻手撫弄她的髮，輕喚媽媽，她放手走了，放不了手的其實是我，放手就是訣別，今生緣盡，再來是沒人說得準的來世了。

護理人員卸除媽媽身上所有的儀器，針管、止血……輕聲告知病痛解除了，這一世任務結束，啟程極樂。

我期盼的奇蹟……終究不可得，她未再醒來過，強忍情緒，在她耳膜邊低吟……去吧！下輩子再當母子。

半小時後，淨身結束，還媽媽一個本然，遺體緩緩移出病房，進到停靈室，我合十輕誦阿彌陀佛一路相隨，啟動度秒如年的煎熬。

「觀自在菩薩行深般若波羅蜜多時。照見五蘊皆空。度一切苦厄。舍利子。色不異空。空不異色。色即是空。空即是色。受想行識。亦復如是。舍利子。是諸法空相。不生不滅。不垢不淨。不增不減。」

牆上的《心經》我無意識般一遍遍梵唱默誦，看著念著，念著看著，時間在指縫間悄悄滑過，媽媽移靈故居員山的時候到了，車子滑出醫院的地下道，上北二高，下宜蘭，轉進省道，家人們已在老家列隊恭迎，法身在她住了幾十年的老房子逗留，我代之行事，在媽媽的耳畔輕聲低喚：「回家了」，下一站便是離家不遠的天國休息站：福園。

墓園靜寂悲悽在心，我下車替媽媽辦好入園的「天國通行證」，按圖索驥進到指定的靈室，幽暗燈光下，一切無聲，只有草蟲唧唧，這一刻本該入睡安眠的我，眼睛雪亮，毫無睡意的為媽媽落位安塔。

誦經聲在暗夜裡更顯得清亮，半夜十二點法事在傷愁中結束，停靈室的門咔擦一聲關上，我不捨的數度停下腳步回頭凝望，紅塵親緣緩緩畫出一條涇渭分明的界線，它叫「句點」，夜裡我突兀想起了蘇東坡的「十年生死兩茫茫，不思量，自難忘」。

「累」的長相原來如是，有如一圈幽暗的影子，馱負在全身，讓人渾身上下使不上勁，沒魂附體，在老家媽媽的床上翻來覆去睡不著，終至潰堤暴哭。

媽媽的人生真的下課了，此刻開始我正要上那堂想念的「療癒課」，人生可以重來嗎？

如果能夠，我很願意再陪她一次坐上北宜之間慢悠悠的火車，一起吃她愛吃又不敢花錢買的「福隆便當」。

5 一把菜的希望

冷鋒來襲的當日，泡完湯後，走在烏來街上看到一位臉上布滿歲月風霜的老婆婆，佝僂身子坐在騎樓下，一旁桌上整齊排列露珠沾附仍有溼意的現採蔬菜，與自己醃製的蘿蔔乾，對著路人咧齒而笑，露出一排銀牙，笑容亮燦燦的向我招攬生意，那些全是她親手栽種自己銷售的葉菜，一把菜二十元，三把五十元，認真的模樣真像我的媽媽。

一百元六把，婆婆在我離開時喚我回來，加贈一把，我因而加碼再買兩瓶蘿蔔乾。

一時興起幫她拍了一張相片，她擺出一個優雅動人的姿勢像極模特兒。

「阿嬤真水哦！」

我使用了拉布呂耶爾的名言：「最好的滿足就是給別人滿足」，讓婆婆笑開懷，直說我會說話，那一刻我想起的是我的媽媽，通過一條幽微的時光孔道，一些隱伏的謎團全有了解答，婆婆讓我看見媽媽拙而不說的「愛的深度」！

大約是為了幾個錢，父親盡可能利用土地，在竹筍園旁的畸零地輪種作物，晨光採摘的蔬菜，也是在甘露未乾之際由媽媽用扁擔扛著在街市一角販售，看著婆婆想起媽媽，我可以想像得出那個畫面了，媽媽把嘴拉成了彎月形，月牙勾出了亮彩的笑容，努力吆喝推銷一把僅僅二十元自家種的菜，用它化約成了一口甜甜的飯、幾斤銷魂的肉、幾隻待養的雛雞、讓我識得幾個字的學雜費用、感冒流鼻涕的治療費用……有時在風中，常常在雨中，多半天亮，偶爾天黑，有人買，也可能不買，再帶回一些錢與一身筋骨痠痛。

媽媽風霜的臉可能是這樣雕塑出來的，即使她非常愛漂亮，保養得宜，有著同年紀沒有的風姿綽約，卻掩不了疲憊下擠壓出來的魚尾紋，以及錢不是萬能但沒有了錢萬萬不能的苦楚。

媽媽尚未出嫁之前是家中的明珠，娘家的寶，粗重的活她是不習慣的，小家碧玉修正成胼手胝足，何須說？便懂得一定要咬牙撐出來的，不能喊苦的苦楚更苦，種稻並不是把苗插入田中便可以結果結出金黃的稻穗，節省成本之下，一定程度之下必須有她參與，除草少不得，施肥少不得，割稻仍少不得要在灶前升火煮出一鍋迷人的點心，再用鼓風車篩出動人的穀子送到工廠換現。

這些原本該懂得的故事被我的年少輕狂掩飾，確實不懂。

烏來婆婆映照出來的原來不止是一把菜的溫度，而是我對媽媽的重新理解，以及虧欠且來不及說出口的感謝吧！

兒子問過我：「奶奶來時，爸為何都會提早一個小時起床熬粥？」

「她是我媽媽！」

這是以前的答案，而今我會自問，否則呢？她以前不也是更早，煮一鍋更難，屋子更無法遮風避雨，天氣更冷起身為我們操煩家事，粥不止是粥，而是濃得化不開的情感。

稀飯有濃稠淡稀之分，媽媽喜歡濃稠的，可能是早年務農的關係，怕餓無力下田，我會用「她喜歡」的醇香熬出那鍋粥。

八十歲正式進入高齡人口的行伍，我便不再管控她的醃製品，放行讓她我行我素，她迷戀的開胃小菜，都吃上八十年了，偷偷摸摸從老家宜蘭千山萬水帶上的，我何忍禁止，醃黃瓜再度上桌，我用她當年烈日烤曝多時精煉而成的菜脯熬一鍋放山雞腿湯，加上屋頂花園鮮採地瓜葉，便成了一頓人間美味。

「怎麼這麼嫩的？」

「特地給你留的！」

媽媽喜歡聽哄，便笑得合不攏嘴，誇我孝順，其實我說的是真話，屋頂花園上的地瓜葉也真的確實是為她種為她留的，地瓜葉並不值錢，但以愛之名就添了親情味道了。

與媽媽相比，我所做哪值她的百分之一。

如果兒子再問同樣的問題，這一次我會回答：就是愛。

她愛我，我愛她。

人生裡最不計較的是父母，可是我們卻常常與他們計較，我被鏽蝕的鐵釘刺入，腫脹成麵包大，發炎劇痛，整夜難眠，守護難以成眠的是她，感冒鼻塞，卡滿了痰，張開嘴，一口一口替我吸出來的，也是她。

她替我做過好多事，我呢？而今灰飛煙滅，真的只剩思念了，微光中，只能靜靜的，一個人，想著粥裡還有餘溫的媽媽！

索福克勒斯說：「孩子是母親的生命之錨。」

母親是孩子的定海神針，但有多少人當自己家人的人生之錨？

6 不要遲到

「我在家你不在，我不在你在家」，這大約是小學二年級女兒童年童語激漾出的心中漣漪，是的，我的確不是很懂，為什麼親子之間共演的人生，往往是用一再交錯構成的。

我與媽媽彷彿如是，她的上半場我沒有機會參與，她的下半場我又缺乏時間參與，之間藏著遺憾！

我上學求知，她忙於農事，我準備聯考，她求神問卜，我出社會工作，她已然老化，次次回回我們都走在人生的分叉點上。

向左走，向右走，各在東西愈走愈遠，添了悵惘！

她的老家，我的外婆家，成了我們之間唯一的美好交集，轉乘兩次公車，站牌下車，越過街，穿越平交道，綠色綿延的稻田之前，便是她家；媽媽用手一比，好大一片都是她家的，土地界線從拐彎要進三合院宅子前的水溝起算，一直延伸到河岸為止，至於具體有多少土地我也說不上來，總之很大很大。

她找她的媽媽閒話家常，我找我的表弟，一起去圳溝摸蜆仔、捉泥鰍、釣鯰魚、抓三斑鬥魚，偶爾幫舅媽拾撿一些田螺回家餵鴨……我們依舊沒有太多交錯。

我不確定我在外婆家所做的這些孩子們的事是不是就是她的童年往事，她好幾次想說，卻被我當成耳邊風，以至於話到嘴邊又吞了回去，欲言又止了！

直到出現余光中老師詩中一樣的〈鄉愁〉：「……後來啊，鄉愁是一方矮矮的墳墓，我在外頭，母親在裡頭……。」

現在想聽，卻是天堂人間，只能入夢了！

人生如是，這一站的上一站是過去，站在現在想過去，叫做回憶，老家、老朋友、老東西，再度盤據不散，一定是老了，上了年紀的事了，只是想聽人在台上開講時，台下已無人？

杜伽爾在《蒂博一家》書中說的：「獨一無二不可替代的事物就是童年的回憶。」

媽媽一度邀我入戲，可是我卻一直出戲，戲裡戲外，我們各自進出，直到來不及。

小學階段之前，我只懂玩樂，不知有苦，但屈指一算當時她已五十歲了，正式半百，視茫茫，髮蒼蒼，看近看遠兩不宜，吱吱吱應該是關節在痛吧，後來開刀除患行動因而變得遲緩，啊啊啊可能是風濕痛，那是她為了這個家，長年把手浸泡在劣質的洗潔劑，清理承租的碗盤得了幾個錢讓我讀大學的學費來源，我不但不懂感恩，偶爾還會不懂事的模仿她的慘叫，氣聲悶虛則是腰痠不舒服了，音律節奏如樂，其實如蠱，纏在身子裡，咯咯咯不是笑聲，而是胃出血忍住的悶悶不樂，這些事而今了解，卻更痛了。

媽媽的半百我不懂她，自己五十歲之後我懂她，可是我懂時她已高齡近九十了，這不是遺憾是什麼？我的青春期是她的更年期，媽媽是否對我動怒過我不確定，但我確實甩過門，掉頭走人，而她可能因而傷心；暑假藉打工賺錢逃到梨山，她是否因而難過？或者想我而落淚？我也不確定，但女兒人在英國，一個轉身思念淚如泉，媽媽當年念想在山上工讀打工的我應該如出一轍吧。

大學之後我忙於追夢，為自己畫出一個圓，拉出曲線曼妙幅度，沉溺在名利場中，地圖裡寫著成就、財富、工作，少了家人與媽媽。

這些親情的事像一串珍珠，無論如何有一天都會想了起來，只是那時啊媽媽已經老成一粒風乾的橘子，笑起來皺紋深成馬里亞納海溝，緣分好像不歸路，差一步就是千里，我真的不想遲到，卻又一直遲到。

猜想父親一定有過同樣的惆悵，才會那樣寶貝奶奶用過的百年老甕，斑駁下藏的不止是記憶，還有思念，他當成寶藏一般，藏在老家頂樓的置物間，並且小心翼翼的放在最不易碰觸的角落。

歲月淘洗，早有裂痕的甕，表面已被水泥塗了好幾層，並且用鐵線圈了幾圈固定，即使早早失去過往的風華，父親仍非常珍惜它，每隔一段時間就會把它從樓上，從置物間裡把它緩緩移出，擦拭淨塵拂去歲月斑駁，撫摸數回，直至滿意，再抱著它緩步搬上樓，放回原位。

「無價珍寶」應該是父親對甕下的定義，最早它是米缸，藏了空與有的故事，奶奶快樂與哀愁，米缸有米表示豐收，富有，多了一頓飯，不必操煩，是快樂的，萬一沒米了則是欠收，孩子吃什麼？心就煩了。

百年骨董甕在爺爺奶奶往生後，父親成了偷取記憶的人，把它由枕山帶到員山，變身小水缸，山上小溪澗挑回來的甘泉之水，一瓢瓢、一桶桶的灌注進去，用來煮飯、洗澡、煎茶，老物因而有了新用，懷念一滴不減的藏身其中，睹物思人，可以想起奶奶的影子。

父親離世，老甕消失一段時間，有一天上樓取物時意外發現布滿灰塵的它，啟動了另一次的時空轉換，妥當梳理一番，我與父親一樣背著家人載著它偷偷北上，種上模樣優雅的傘蕨、睡蓮，在頂樓花園再次演示它的前世今生。

王鼎鈞老師把故鄉解讀成：「流浪的終點！」

這話用在老甕應該也適用，枕山、員山，員山、文山，而今依著一棵樟樹續寫人生，一旁放著勝家牌縫紉機，兩物在花園重逢續寫人生。

機具老舊，台座分離，我載回來其實是回憶，安放一張從海邊撿拾回來的，質地堅硬有

著歲月痕跡的檜木長板，當成「寫作桌」，電腦打開，振筆疾書，修改書稿，按鍵敲擊聲的聲音應該很像媽媽當年踩踏縫紉機的車布聲吧，嘎嘎的聯結出來我與媽媽的最新關係！

亞里斯多德主張：「我無法預知來世，但會珍惜今生。」是該珍惜！否則很容易，一再駕駛「傷心火車」。

第二本存摺

幸福的故事

「引以為榮」四個字太過俗，在媽媽圓滿紅塵的功課之後，午夜夢迴我卻不免俗的想過，父母在世時曾有過一絲絲以我為榮嗎？

我一度以為完全沒有，他們生我，養我，教育我，不過是天賦的責任，如同我家樓頂上的鳳頭蒼鷹一樣，教會飛了，便畫一塊領地，讓牠自己覓食而已。

父親離開人世的那一年，我大學剛畢業，入伍服役，離退伍還有兩個多月，具體來說，我還沒有出社會，未找著工作，沒奉養過他一天，沒有從我的薪水裡取出一絲半毫的所得，讓他覺得責任卸下了，可以放寬心。

他努力工作，讓我入學讀書，是否對我有過任何期望？我不得而知。

我確定知道，他相信我不是務農的料，但又沒有足夠的錢讓我北上讀大學，心裡趨避衝突；高額的學費，住宿與三餐的雜費，讓他愁煩，上大學要花幾個錢？他應該不確定，但確定自己身上沒有幾個錢。

我那麼像書呆子，他也只能二話不說，放我走上知識大道，不再奢想萬一大學沒有考上就留下來耕作，可以利用一大片竹筍園養活自己。

如願考上大學的那一年，他未表露出一絲喜悅，我大一，父親已近七十高齡了，為了學費還要在冰涼之晨起身，披上外衫，荷著筍刀，在群蚊亂舞，甘露未乾之時，把它採收下來，抹上鹽，載到宜蘭市區販售得了幾個錢，再把一部分存在一個鏽蝕斑斑的鐵盒裡，這些基金便是我按月核實的伙食費了。

推估他的胃癌已然形成，之前一直捂著胃這件事一定是痛苦，我明白了，他是抱病籌款的，那痛應該有段時間了，但我卻不明不白，北上讀書過著我的大學生活，雖說我算用功，但也參加過舞會，去過夜遊，到處玩樂，偶爾爬階梯上指南宮……吃免費齋飯，算是比較對得起父親的事，偶爾用腳的上下擺動，讓呂洞賓請客幫他省了一頓飯錢。

父親的情緒我完全可以掌握，大約是山雨欲來風滿樓，但是愛就表現得很含蓄，想不想我？愛不愛我？從不在口中，希望我以後做什麼，應該連說也沒說過，所以我一直以為他希望我當農夫。

高中聯考是我的第一次人生考試，輕易考上宜蘭最好的高中：宜蘭高中，我還是發現他沒有什麼波動，老神在在，一副無所謂的樣子，只輕輕的哦一聲：「考中了！」冷冷的話語讓我感到有些失落，我可是很辛苦在附近的員山國中打地鋪苦讀考上的吔。

我考上國立政治大學，父親依舊沒有什麼表情，我猜想他心中最憂鬱的那一塊可能是學費，以至於忘了高興？

直到開學前幾天，他把我叫到跟前，說了一些話，具體說了什麼早已忘記，平常不多話的他，那一天的話特別多，彷彿生死離別，交代了好多事，最重要的一句是「省一點」，我提前幾天北上，背著行李上車的那一刻，他不見蹤影，後來媽媽才告訴我，父親躲在竹筍園裡哭了。

我從未看見他哭，即使那一次千真萬確的哭，我還是沒有看見。

他以我為榮嗎？

從媽媽轉述的幾件事，我確定是的，「阮後生今年考就大學」，媽媽說他逢人就說這句話，講了數個月，幾乎村子裡的每一個人都聽過一遍，至於什麼系？

以後幹什麼？就不是很重要了。

別人告訴他心理系是瘋子醫生系，他也不在意，反正上大學就像中狀元，而他像是狀元的爸爸，他前後來過政大兩次，媽媽說，前一天他都睡不著，因為要去看「讀大學的兒子」，還慎重挑選了衣服，我完全不知道這件事對他而言竟是那麼重要。

我與父親的肢體接觸非常的少，可以說完全沒有，直到他生病，我利用服役放假到醫院探視，工作之一便是攙扶他上廁所，那竟是我記憶中最有溫度的事，隨著他身體每下愈況，最後裝了導尿管，我連這個權利也消失了，人生的最後一星期，我們讓他回老家，他執意要我們帶他到一手翻建的三山國王廟尋訪一遍，我用板車推著他去，再牽他緩緩入廟，最後背他出來，他在我的背上的感覺一如我以前曾在他的背上一樣，那是我童年最安全的地方，可以貼近他的身體沉沉酣睡，我們一路上說了什麼？我還是忘了，但畫面烙印深深。

父親也許得知我即將退伍，可以闖盪一片天了，才放心的卸下軀體，靈魂飛天極樂，想想他的這一生我們父子的關係之中，只有他的完全付出，而我沒給過他任何回報，唯一給的一分錢是少尉醫官加級的薪俸省吃儉用存下的三萬塊，成了他的喪葬費的一部分。

作家、演說家、教育家、心理學家……這些頭銜父親壓根兒是沒有因緣聽過的，這些名氣他會開心嗎？媽媽幾次看完我在電視上的節目之後，即使聽不懂依舊很開心，街坊擠在我家一起看電視中的我，她便更開心，人家愈是談我她愈是與有榮焉：「我生的。」這話隱約透出卓別林似的幽默，喜悅瞞不住，並且喃喃自語說著：「如果你爸爸還活著就好！」

是嗎？

爸爸會覺得很驕傲嗎？

如果會，他應該多活幾年才對。

1　縫紉機與花褲子

老牌的勝家牌縫紉機，老家有一台，記憶以來它便擺在雜貨店往天井處的一個依著窗的小小天地裡，暗黑中唯一透光的地方，它是媽媽的嫁妝，當親事談成，預備迎娶時，外公外婆花一筆錢購下的，出嫁的那一天連同人一起送到了爸爸的家，開始它的「製衣旅程」。

國中之前，我的衣服只有一種，就叫卡其制服，上課這一套下課也是這一套，能更換的只有從鴨母寮天主教堂領來的簡易縫成的大內褲，或者不合身的美軍衣服。

媽媽擺放很久的縫紉機終於派上用場，時歲在冬季，蘭陽的風極為冷冽，我開始隱約聽見瑟瑟秋風的夜裡，一盞偏暗的紅燭火，媽媽躬身戴著老花眼鏡，踩踏出優美的節律，替我製作人生第一件合適的外出便服，估算那一年媽媽早有老花了。

我以為她是著迷了，天天不是在廚房，就是在縫紉機上，總是忙著我們的事，踩沒幾回線斷了，穿線成了一種酷刑，老花讓她看近看遠兩不宜，非常困難，玩瘋了的兄弟一聽見穿線就一溜煙跑開，把求救當耳邊風，自顧自玩耍，理也不理，而今想來真是後悔，針線對焦的難度，如今真的懂啊，那是愛，無悔的想完成孩子的夢想，擁有一套外出服，媽媽頂著老花的眼睛，一次一回的努力想把針穿進小小洞裡，真如大海撈針，一試再試，最後革命成功，重新啟動，車布成衣。

媽媽不是製衣科班，沒學過裁縫，畫板樣是偷偷看著隔壁裁縫阿琴畫的，媽媽依樣畫葫蘆，無師自通，修修剪剪，製作出了美衣，藝術天份除了天生之外，大約就是愛的加持吧。

我早忘了媽媽用了多少工作天？可能十天半個月，或許更久。

「好看嗎？」

「不錯吧。」

「袖口再修改一下就好了！」

她的完美主義展露出來的堅毅其實是母愛，完工之前站在作品前凝視，自顧自的喃喃自語，滿足的笑了，嘴角溢出了動人的情愫，在縫紉機前慢條斯理的採用慵懶的藍調爵士風格，將最後一個缺失修改完畢，起身站起來，就大功告成了。

「穿穿看！」

我完全忘了當時用何種方式回應她的日夜加班實作的辛苦，應該是開心吧。

如果父親的愛是「行動派」，只做不說，天冷了脫下衣服穿在我身就是，下雨了用衣服蓋在我的頭上遮雨，放學回家問我：「吃飽了沒？」是他的愛的物語，媽媽則是完全不同的「溫馨」版本。

「有錢嗎？」

一定是愛。

「要帶傘！」

還是愛。

夜以繼日加工製作衣裳給我們，應該是愛。

只是這些愛的版本在那個年代，我的童年，被無知雪藏。

縫紉機早早毀損不堪用，退隱成了頂樓花園裡的裝置藝術，有一天，我從醫院探視回來，焦慮難耐，悲愁難掩，上樓深呼吸一口濃郁染布芬多精的氧氣時，不小心與它電光石火交會，倏忽的，一些意象竟不由分說的飄了出來，將記憶閃成畫面。

媽媽如幻，悄然走出，裁縫的機具恍惚重組，我隱約聽見童年時期熟悉的車布聲，節奏如斯，音律如斯。

媽媽替我做過的事不勝枚舉，這正是我想替她做好多事的原由，購買媽媽花褲子這段浪漫記事，由此而來！

「幫我多買幾件!!」

有一天，媽媽從宜蘭來台北要我替她找一條前朝遺物：花褲子，問我哪兒有得買？可以多買幾件嗎？

我抗命不成，只好微服到「菜市場」出巡，暗查密訪這條失傳已久的「七分碎花褲」，我依她的描述，非常費勁的比手畫腳，賣家似懂非懂，吆喝找來了一群同

行，七嘴八舌，歸納出一個大概，氛圍真是尷尬，我吞吞吐吐一再描繪，終於有人弄懂，翻箱倒篋找出來讓我挑選。

「誰要穿？」

媽媽！

「現在還有人穿這種褲子？」

其中一位邊說邊找，從儲藏室裡找來了幾件，問我像嗎？大約有幾分，我便一口氣買下僅有的五件，媽媽滿意極了，說我讓她放心。

放心？

簡單的兩個字讓我覺得這一次尷尬的行動多麼值得，比起她以前為我做的所有事，遍找七分褲怎麼說也只是一件小事，我要求她要說謝謝，她百般不情願，其實我是逗她，看她那麼開心真的一切值得。

裴多菲這樣定義生命：「生命的多少用時間計算，生命的價值用貢獻計算。」

我的上半生媽媽為我做了奉獻，下半生輪到我讓她覺得有人惜福為她做出奉獻。

「媽媽可以讓你照顧嗎？」

當家人嫌她煩提出這個要求時，我允諾二話不說：「我來」，無有理由，只因她是我媽媽。

她的人生最後幾年，用大體的生滅，教我愛與幸福的哲理，有常與無常的區辨，我家藝文走廊上已有好多哲學老師，那幅維妙維肖的金絲猴就是其中一位，眼珠子可以靈動的直視四面八方，我喜歡極了；當年在上海豫園向一位八十八歲高齡銀髮老翁購得的，黃河洪澇水災老人用畫來義賣籌錢，我買了，老人興奮，囑我「明年再來」，我回眸淡笑：「黃河明年還會有大洪澇嗎？」老人開心大笑，說我頑皮，隔年我履約去了，但他卻爽約走了，向人生告別。

「無常」原來比明天先到，它示相的是「當下」，很多美好的事情真的不在明天，不在後天，它在現在。

如同巴爾扎克說的：「活在當下，就更有可能充實的過好現在的每一天。畢竟，過去只是一個回憶的好地方，不合適用來生活的。」

活在當下，的確不難懂，可是為何老是老了才弄懂？

2 心中的功德箱

一位身形瘦小的黑衫男子，利用昏黃月色，香煙彌漫作為掩護，躡手躡腳，偷偷摸摸潛進寺中。

寺廟裡的師父在食堂用膳，那人不動聲色，躡手躡腳走到功德箱前面，用餘光打量四周，確定四下無人，緩緩蹲了下來伸手撈出一把錢。

吃飽飯從餐廳走出的小和尚注意到了：「師父，有人偷錢！」

「我也看見了。」

小和尚急了：「還不快抓他……。」

師父非常淡定：「不用！」

「不用？為什麼呢？」

師父開示：「箱子裡的錢本來就不是我們的，它是別人放進去的，要給需要它的人使用，現在他一定很需要。」

小和尚聽後默默無語，眼睜睜看著那個男人把功德箱裡的錢大方帶走。

事後清點功德箱意外發現裡頭還有很多錢，師父含笑點頭，表示他只想取走可以度日的錢吧。

來來回回數次，那人都只取走一點錢，不知多少回就不再出現了，數年之後，那人再次踏進寺廟時是一副有朝氣的樣子。

那一天大約是上午，陽光普照，男子進來大殿就跪地拜佛，合十默禱後來到功德箱前面，打開皮包，掏出厚厚一疊錢塞了進去。

一旁的香客全張大了嘴巴：「這人未免太慷慨了！」

小和尚愈看愈覺得他的樣子真像當年偷錢的那個人。

男子並未避諱，主動向師父提起這段往事，他知道小和尚有看見，但實在飢寒交迫，無法顧及顏面了，才出此下策，功德箱中的錢的確讓他絕處逢生，而今日子好過了，特地回寺感恩，並且加倍奉還。

功德箱的真正功德，看來並不是箱內滿滿的香油錢，而是錢被附予的美好意義，因為加上慈悲，便更添了味道。

父親當年在自家開設的雜貨舖裡做的一些小事因為這個故事，讓我更明白其中的一些義理，媽媽像小和尚一樣向父親控訴，說她清清楚楚的親眼看見鄰居德叔，伸手進到櫃台前擺放醬油與醋等生活雜貨的錢櫃裡，火速偷走一瓶醬油與幾個零錢。

父親壓根知道這件事的，他如同老和尚一樣，不動聲色，不說破，讓這件事塵封。

錢的確可以是錢，積累之後便是財富，但也許是慈悲，給人一條可以伸縮的退路，賺得到錢是成就，賺到慈悲則是幸福。

父親是菩薩，教我錢的另一層意義。

假日的清晨，我喜歡騎著單車沿著河堤便道抵達福和橋下逛逛二手跳蚤市集，冬天冷風中不免哆嗦，微光中早有上百攤的攤位，多數是二手貨，為了幾個錢拚搏。

賣家並非真正的生意人，多半是為了一口飯，難以度日的窮人，把撿拾的二手貨品，用十元二十元至多一百多元尋找新的主人，賣出幾件地攤貨得了一個足以餬口的便當，三個十元的麵包，誰不知是過期貨？但有人特地來買，理由也是一口飯。

青花染著紅邊的日本明治時期的碗，品相優雅非常誘人，口兒有一點瑕疵，但在骨董店仍有幾千上萬的身價，老闆倒店後在此只能開價三百，成交價兩百元，皺眉售出的理由，還是為了一口飯。

我不太敢在此殺價，深怕少一個十元便搶走了他們一口飯的幸福，多幾句話便傷了他們的自尊，錢因而多了一點善。

「幸福學堂」乍看是課其實是愛，偶爾會有一些意外驚喜，「送繪本到寮國偏鄉」原本不在我的計畫之內，但是漂流木作品意外受了歡迎，拍賣出去得了一點錢，便成美事。

有錢是不成善的，還要有愛，最繁瑣的工作在我離開後才開始，翻譯打印貼黏，整兩個月，我們用一美金一繪本完成了夢想，由十八位有情有義的志工自費後送到寮國完成任務。

他們把在任務完成結集的相片特地選在我的生日，當成催淚彈禮物捎來，我無有原由的淚流不止，擦了又濕，濕了再擦。

人生不過一場，百年爾爾，虛名浮利何必爭？

活出意義真的比很有成就重要得多，看著電視那些跳樑小丑的政客與那批語不驚人死不休的名嘴，加上唯恐天下不亂的媒體們，對照這些不計名分，跋山涉水到山區為小朋友送上善念的人，能不汗顏？

曼妙的微善，我欣喜有幸參與其中。

我的功德箱，是父親蓋的，一如泰戈爾詩裡說的：「不要讓時間在黑夜中度過，用愛的燈點亮別人的生命溫度吧。」

它不是冷冷的「名詞」，而是溫熱的「動詞」。

3 人生的一半是偷閒

梭羅教我使用「減法」過生活，五減三的曼妙大於十減八，即使結果一樣是二但過程仍大不同，賺十萬會像螻蟻一樣瞎忙，賺五萬則可以留下一些時間，演活自己。

明朝李密庵的散文詩〈半半歌〉則教我「半的哲學」，提醒人生不是全部，而是一半，不要什麼都要，只要一些；一半做，一半休，半加半的人生才是一個圓。

陶淵明讓我找著心的位置：「問君何能爾？心遠地自偏。」點出人生該準備的不止是錢還有心。

但是偷得浮生半日閒的最好導師則是父親無誤。

「該停就停」是父親以身示範的，他在農忙之後微風的傍晚，懂得搬出家中的大椅條，在星月裡暢言人生，他讓日夜分明，白天用於工作，但夜是用來修復工作的體力，「暫停」是他的魔法。

果園的收入一直是我家的經濟命脈，多得一些就會好過一些，但即使如此，父親依舊不會從早忙到晚，時間在他來看是有配額的，大約摘下一定數量的橘子，就會收拾工具，挑下山來交貨，得了錢順道載我去吃一碗米粉羹，老闆是他的童年玩伴，意義上也許是訪友，但更接近杜甫〈天末懷李白〉：「涼風起天末，君子意如何；鴻雁幾時到，江湖秋水多」的詩意。

他的細膩心思我學到一、二，不讓演講只是演講，不止是軌道上的旅程，行路匆匆，而是會停車訪幽，溪邊用餐，或拐彎閒散三峽老街，買幾件伴手禮再乘風歸返。

一日一生吧，春夏秋冬被我悄悄放進一天裡，有了起承轉合；太累了就偷閒吧，天光初亮，騎上坐騎「小白」前往離家最近的小山丘，在貓空上下流連三四小時。

坐在貓空的制高點，一棵枯樹旁，定睛凝眸俯瞰山巒，高速公路奔馳的車子在眼前有如光影一樣晃動，大夥忙著我卻偷閒浪跡山野，心滿意足的在風中流浪，想來真是幸福。

秋蟬嘶鳴的溫柔午後，想像自己是梭羅，走在騰格爾湖畔，一個人漫步在草香四溢的野徑，澄靜心靈，名利放逐放空，頭銜趕去九霄雲之外，四處晃悠。

「世界是一本書，而不旅行的人們只讀了其中的一頁！」

這是奧古斯狄尼斯的格言，我因而閱讀人生書裡的第二頁，第三頁，遇見「內心的自己」，療癒與安頓！

英國有句俗諺這樣說：「蠢驢出門旅行，回到家便是一匹駿馬!!」

蠢驢與駿馬？真是妙喻。

人生的確不必要一直工作，瞎忙之後腦袋窒息，思緒渾沌，醉生夢死一般，易成蠢驢；快轉並非好人生，調成慢速，才可凝固美好，讓每一個當下都是美好邂逅，停下來觀賞路旁的小野菊、美麗的酢漿草、紫花霍香薊、黃澄澄的油菜花、通泉草、烏子草，彩麗生活。

我被媒體稱做「生活大師」，那是過譽，並非真實的我，我不過是偷師父親

的生活實踐者，理解人生不要像一陣風，吹來拂去便結束了，而是一齣有劇情的戲劇，上半場：柴米油鹽醬醋茶，不可不要；下半場：琴棋詩畫書酒花，非要不可，活出一頁美好風景。

工作以外可以不工作，那是我對父親印記最深的畫面，幾隻貓兒，涼風徐徐的夜圍著他彷彿老朋友，「老人與貓」的畫面逗趣極了。

老人與他的一群貓的交疊時間多半是靜靜的，修行閉口禪，各據一角，各自享受人生，單調卻和諧，演練一種安寧。

托爾斯泰說：「人生本來就是一樁十分沉重的工作。」

是呀，所以需要須臾片刻的寧靜，什麼事都別做，反而更是一種妙生活，忙中空度日，閒裡有太虛吧。

4 貨卡腳踏車

後座寬大的載貨用腳踏車，算是三十年代最老式的「貨卡」，承載了我家的生計，父親用它載去了酒，帶回了錢，翻轉成我的人生；這輛伴我成長的貨卡自行車在雜貨舖結束營業之後，悄悄淡出我的記憶，不知何時被清理出門，成了一斤幾塊錢的破銅爛鐵，消失在記憶之外，直到我應邀馬來西亞巡迴演講空檔偷閒一天，主辦人帶我閒晃一間很有特色的跳蚤市集，那兒放滿與我記憶相當的三十年代的貨品，無意中與一台斑駁鏽蝕的老式腳踏車交錯，電光石火闖進來那些童年回憶，即使那並非當年父親使用的牌子，但樣式極像，加大的後座更讓我馬上聯結起來雜貨舖載憶歲月，馱負了「生計」與養家餬口「責任」的貨卡了。

「丙丁」雜貨舖是以父之名取的，俗又好記，腳踏車是他的私家車，專用的生財工具，後座鐵架可以穩當裝上一箱二十四瓶六百毫升的啤酒，疊成兩層高，他先跨上，有人替他扶著穩住車身，再用力一蹬，踩出一條美麗的幅度出門，逢年過節，挨家挨戶送貨，彷彿早年的宅急便，在我就讀大學之前它依舊是我家最可靠的依賴，日日月月年年，操勞過度，它的下半生我便常常聽見伊伊啞啞，節奏混亂的老邁音律，時常脫鏈，但仍使命必達。

父親非常寶貝這台肩負我家生計的車，晚餐過後，星月當空，微風徐徐，便把它從庫房裡緩緩的牽了出來，靜靜凝視一會，慰勉式的用抹布拂去一身風塵，順便替車鏈上油，轉動幾圈滑順一遍，再放回原位。

思念太晚，否則我一定費盡心思把它從宜蘭搬來台北，靜置在屋頂花園一角成為記憶的軌道。

貨卡的人生確實非比尋常，父親用雙腳踩踏它在員山與宜蘭之間，把配給的菸酒從公賣局足額載回，來回騎上十公里的遠路，再分批配送到訂購者家中，廉價的吉祥牌紅色香菸，一包四元大約只有幾毛錢的利潤，長壽牌一包十元，大約也是一塊錢利潤罷了，父親在長板凳上一根接一根請客，再一包接一包販賣，換來更大筆的生意，兌換出我的學校專用白球鞋，昂貴的校服與一些零用金，一箱酒搬上搬下載運，即使揮汗如雨賺不了幾塊錢，但少即是多，小變大的堅定，提供給我小學一路拉拔到大學的學費，在馬來西亞二手市集的腳踏車前想起這些事我忽而懂了，他的吝嗇，莫非不是天性，而是一分一毫的斤斤計量著如何替這個家量入為出吧，如果我算有成就，它便是這些錙銖必較計算來的，那是一家之主的為難。

我家的雜貨舖子很難從農務的鄰居身上得到大利潤，員山溫泉裡除了溫泉池之外還有溫柔鄉，在那卡西的催化聲中，紙醉金迷的觥籌交錯，香菸成打的送，酒一箱箱運入，空箱子一箱箱運出，這才是我成為大學生的最佳後盾，這使得我對酒國文化沒什麼好感卻也不敢有所惡嫌的理由了。

貨架空了要補貨，但一個人的長征之行的確寂寞，我便被媽媽指派成她的代理人，坐上腳踏座前橫桿上，伴遊宜蘭，但一截鐵桿，我不好坐，他不好載，卻得一個相依的滿足，他沒說但看得出來他喜歡親子共行，一路哼唱，孤獨之旅成了愛之旅。

補貨的數量若是更多，父親會在後座綁綑一根扁擔，成了車的加長型，再掛上兩個厚實寬大的籃子，而今想起這些不可思議的畫面，不知他是如何辦到的？

這輛貨卡還有一個另類用途：載運竹筍，在天光微亮甘露未乾之時，及時趕到宜蘭市場，第一時間賣掉它們，換回家裡需要的民生用品。

貨卡與父親在年年月月，一次次，一回回的補貨與交貨之間同時變老，新的駕駛一度換成了我，利用假日替父親送貨。

我高中畢業時，父親已近七十歲高齡，卻仍不辭勞苦的為家付出全副心力，宜蘭員山之間，除了貨卡吱吱亂叫之外，父親是否也是上氣接不了下氣，氣喘吁吁呢？酷熱的夏，淋漓的汗，擦了又濕，濕了又乾，他頂得住嗎？

維吉爾的提醒：「開始吧，孩子，請加快腳步去認識你的父母！」

可惜人生這條單行道無法逆向重來，我好想重新認識，但此刻只能拼拼湊湊，再也無法成就完整篇章。

5 餐桌上的魚

父親的手藝稱不上一流，但獨門絕活值得一說，麻油雞是其一，肯定非正宗版，常是米酒一瓶、去骨雞腿肉一份、老薑一個、鹽巴適量就開始行動了。

老薑洗淨切片，去骨雞腿肉洗淨切塊，汆燙去血水，再熱鍋後將雞皮丟入鍋內翻炒，將油逼出，倒入米酒煮至雞肉熟透、酒味蒸發，起鍋前倒入少許麻油與剩餘的米酒，烹煮個兩三分鐘起鍋。

最後再將老薑爆炒，隨即加入雞腿、米酒、麻油，用小火煨一下，加入水，大火煮沸，中火把肉燉爛，便是一鍋創意隨興，自由心證，香氣逼人鮮嫩的麻油雞湯了。

以上只是記憶，不保證真實！

陽剛的父親只有在廚房裡有著女性的陰柔，凶巴巴的線條馬上柔和許多，心思細膩。

父親的另一絕活則是料理鮮魚，去鱗、除鰓、清理內臟一手包，汆燙血水，便可下鍋了，紅燒拿手，薑蔥蒜辣椒爆炒後，加入鹽與醬油，起鍋前用米酒提味，恰到好處；鮮是必要條件，鎖住鮮度基本上怎麼料理都好吃了，薑絲湯、青蔥清蒸更鮮甜。

父親吃魚的方式獨到特別，細心的分出頭、尾、身，前兩部分他與媽媽包辦，肉身則分給我與弟弟，魚頭被他吃得津津有味，我一度誤以為那才是最美味的部位，年長之後漸次明白，頭部根本沒什麼肉，吃起來費勁，結構只是骨頭，自我保護的器官，一堆尖銳的刺環伺，必須小心翼翼，父親的魚頭任務，其實藏滿父愛，怕我們誤食受傷，把最好吃營養的部位留給了我們。

吃魚在父親那個年代是奢侈品，逢年過節省吃儉用買來奉祭祖先的，拜完請客用的，難得有一條完整的魚在餐桌上，等著我們大快朵頤，父親依舊佯裝，克制住垂涎三尺的口水，忍受著，依慣例留下魚最最好吃的部位，這件事讓我有了深層領悟，原來愛的濃度不是用說的，而是用做的。

教育家認為教養這件事最好的解釋是：讓別人很舒服！

比方說：

教出一個別人讚賞，不用憂懼的女婿。

女兒當人媳婦，讓人不自覺的當成自家女兒疼惜。

工作的時候讓老闆覺得：有你就放心。

當別人的配偶時，讓對方覺得很幸福。

當朋友時讓人可以暢所欲言沒有壓力。

與你用餐覺得很優雅。

……

我當父親之後，很自然學會把魚分出魚頭、尾、身，前兩部分成了我的專用部位，老貓皮皮聞到腥味會一躍而上坐在我的大腿上，翹首期盼喵喵喵的要求分牠一杯羹，我常與牠因為一條魚玩著「老人與貓」的捉放遊戲，逗弄中帶點浪漫。

羅曼羅蘭說：「愛是生命的火焰，沒有它，一切變成黑夜。」

父親火焰般的愛，我是太慢理解的，我懂之前，他走了，來不及感謝。

我的愛一如父親，但兒女懂得比我快些，至少每年父親節我會收到感動的卡片：

阿爸

父親節快樂～～

老話還是要說，感謝你一直以來的支持，不管我在夢想的道路上有多少波折，總是給我最大的支撐，能成為你的子女真的好幸運好幸福。

希望你一直健健康康　順心快樂～

我愛老爸。

兒子會在我清晨寫稿，久咳難忍時，起身端來一杯溫熱的開水，要我喝下，小小動作倍覺幸福。

平實的語句與動作中，卻催化出黃色炸藥的力度，淚眼濟濟；這就是我要的反饋，付出了愛，不是想換取金錢酬償，而是要得到感恩與關懷，那是父母最微薄的心願。

當年父親應該也在默默等待我說這些話語吧，只是我從未向他親口說過我愛你，當他嚥下最後一口氣時是不是有所遺憾？我怎麼沒早一點向女兒學習，在我父親有生之年慎重的告訴他，我有多麼愛他。

愛默生說：「愛他人的同時，也在愛我們自己。」

但是父親在世時我真有愛他嗎？如果有？為何不清楚明白的說給他聽？

6 女書體的散文詩

媽媽是倉頡，無師自通的創造出來很多我不太懂的文字，有些連她自己也不懂，她的教育程度，具體來說只有小學上了十四天的功力，除了自己的名字可以一筆一畫勾勒出工工整整，辨識得出字樣之外，其餘皆是獨樹一格，自造而來的「女書體」，她沒有承襲任何師門，愛怎麼寫就怎麼寫，天知、地知、她知，但我費盡心思猜想，常常不知，她用這種文字載體記錄下雜貨舖裡的欠帳收債，養活我們一家人。

比起花一二十年唸讀中文博士，從古人的詩詞偷取養分未必有自己創見的人，媽媽的文字張力反而有味，毫不遜色，讓我想起西夏文，它是已經消失的「西夏王朝」的一種自創的文字，一度統轄寧夏、甘肅、陝西北部、內蒙古南部等廣闊土地的國家，這套文字則是西夏景宗李元昊命大臣野利仁榮創製了西夏文，歷時三年，共五千餘字，形體方整，筆畫繁冗，結構仿漢字，但左邊在右邊，右邊在左邊，又無法有邊讀邊沒邊唸中間，特點別具，很有意思。

媽媽一直使用類似的文字記帳，真是一絕，密密麻麻寫下村子裡的人欠下的柴米油鹽的資料，完全不會弄錯，比方說，阿灶，她寫成「乃」加一些灶的圖畫，這若沒有她親自解說，以我拙劣比不上她的女書文學根底的能力，的確無用武之地，絕妙女書體帳本，全載在日曆本上，歲末年終媽媽整理出一本厚實的收帳本後扔棄。

父親依著媽媽費心多日登錄在本子上的債權人，一一登門取款，多數的欠款全收得回來，但每年總有百分之十以上的呆帳無法收回，最後嘆一口氣，用「一把火」點燃成一筆勾消的灰燼，媽媽在烈火前冒火，不解為何白花花的銀子不要了，燒了不就全沒有了嗎？真的一肚子火，以前很怕他們嘶吼爭執，而今想想還真逗趣。

媽媽謙虛說自己很笨，讀不了書才沒上學，但單從無師自通的文字中來看她卻絕頂聰明，不上學只因阿公的經濟條件吧，加上重男輕女老舊社會就更沒有因緣醉在朗朗的讀書聲中了。

與她相比，我的文字真的很淺白，完全是修習來的，接近散文，即使精練，一段話也只能代表一種意思，離不開與人相同的匠氣，但媽媽是「詩人」，文字是自我創造與想像出來的，一個字便可代表多重意思，或是一切，以至於當媽媽問我她的字是什麼，或要我「翻譯」她的文字時，我竟口拙說不上來，許是為她的文字過於深奧，我猜不透筆下的心思，便答：「鬼嘛看嘸？」

這種回答經常會惹怒媽媽，生氣翻白眼：「給你讀那麼多書幹嘛？」

是啊，可是學校真的沒教我讀天書，而今媽媽成仙了，沒有人職司解謎者，誰也代替不了她的話語權，無法解讀我從她房間找著的，業已失傳的女書體了。

媽媽的遺物之中最有記憶是一只斷裂的玉鐲子，那是她生日時我到建國玉市花了人生裡的第一桶金裡的一點點錢為她購買的，質地並不優沒值幾錢，她卻珍惜，也許是兒子用薪水送的，格外覺得珍貴吧；她從宜蘭來台北探視我時，一不小心在火車上摔壞，被送去銀樓診所修理，花錢用金子鑲嵌包裹破裂處，再戴回手上。

後來她用一個盒子小心翼翼收藏起來，並且寫上一段話，可是我怎麼也釐不清她的字中義理，猜想可能記載那時候收到禮物的心情吧，說她的兒子多麼孝順，在生日當天還記得買了一只鐲子送她等等，以上純屬瞎想的，因為媽媽只寫了簡單幾個字，是我想太多了。

媽媽還有一本相簿，是我給她相片，或她擅自從我的相本裡抽走她看上眼的，集中在她私人典藏的相本之中，按照日期排列，並寫下女書體的筆記。

她的電話記事本也很特別，記載著我已失散的記憶，比方我住過的第一個家的住址、電話，某年某月的某一天來台北看我的日子，何時回宜蘭探大姐……媽媽都一五一十寫了下來，即使染飾風霜，但化不掉記憶的扉頁。

那是媽媽的散文詩，記載著一家人的生活、經濟、家族記憶，劇力萬鈞，暖心且有溫度，即使我不懂仍可刻進心坎，化約成思念。

赫克斯科：「每個人的記憶都是自己的私人文學。」

是吔，但若不珍惜，便很容易成為一台老式留聲機上的一張舊式唱片，塵埃沾惹，傷痕滿布，播放出脫軌滄桑的組曲。

「珍惜」兩個字很弔詭，往往不是現在式而是過去式，失去之後才懂的真理，帶著濃稠的感傷，媽媽在世之前，被我棄之如敝屣的小物件，在她遠行天堂成了絕版品之後，變身成稀世珍寶，無法重製，才明白那些全是寶貝，拿捏在手，細細撫摸，流洩出來的全是酸中帶甜的味道。

我從家中的箱子、抽屜、櫃子，一些不起眼的角落，翻找出來的東西原來不是物品而是記憶，我因而明白媽媽用過、看過、寫過的痕跡裡隱伏的祕密，一張缺了角的碎紙都可以讓我跌入記憶，在泛黃的紋路，漫漶的字跡裡想起如煙往事。

7 幸福道場

父母的道場都在寺廟，廟名不同，但都是為孩子求福求平安，是愛的所在。

三清宮是父親最著迷的道場之一，年年的初九天公生非去不可，從員山出發，虔誠騎上二個多小時單車抄小路到三星朝聖，這間廟在著名的梅花湖山上，風景秀麗優美，我們順便踏青。

武荖坑則是另一處聖地，我與他一大早就微光中出發，在冬山與蘇澳的交界處右轉上山，一路上坡，汗流浹背才騎上山上小廟，廟名我忘了，或者沒有刻意記得，只依稀知道相應的位置。

這些年返還宜蘭演講相當不便，我不得不因為高乘載而提早出發，七點之前進到匝道，只是如此一來便可能八點前便下了交流道安抵蘭陽平原了，比預計的講座提早一個多小時，臨時決定在冬山拐彎上山，追憶父親的人生風景。

人是物非，地景全變了樣，交叉路讓我迷惘：「左轉？右轉？」

五十年前的漫漶記憶，人事全非，地景地貌完全不復當年，真沒把握，左右兩條山路困住我的思緒，向左走吧，依循一個不熟悉的廟名，往前開，果真有廟，但亮彩如新，完全不似百年古剎，我入廟探問，爬梳出我的記憶，應該無誤就是這間廟，只是重修，坐基動移，數十年前的老廟在新廟前空地的那一棵老榕樹旁。

那是每次陪父親來廟裡上香，他進廟報告紅塵俗事，煩惱與哀愁，問題與尋求解答，我爬上的正是眼前的老榕樹？父親自帶便當，上香後多半近午，父子倆依著它用餐，那是平常不苟言笑的父親最溫柔的片段，他會問：「吃飽了沒？還想吃什麼？」

這些不常從他嘴巴滑溜出來的隻字片語，讓我相信，我可能真的是他生的！平日冷淡的父親讓我有些懼怕，尤其發火生氣時，彷彿野獸，完全不像熱心公益慈眉善目的村長，因而偶爾不小心洩露出來的暖心，便讓人感動不已，至少證明他是冷面熱心。

父親的世界我一直不太理解，對我們的態度冷熱交替，灰樸與光亮色彩同時出現，有時覺得他愛我，有時覺得不愛；直到有一次，我跟著一起入廟，跪在高約一尺的拜椅，聽他用清亮的音量向神報告，才知道這麼辛苦騎上老邁有雜音的單車，沿著綿延的水稻田，轉個數十個彎，越過蘭陽大橋，再往前直行……，大費周章，拈香膜拜，求賜的是我們平安，把書唸好，別像他那麼辛苦，他願意承擔一切苦。

這是父親不為我知的一面，當時年紀小只當是大人與神的一種對話形式，隨著歲月鋪陳，閱歷加深，父親遠行，再次造訪翻修過的小廟，思緒翻湧，過往的那段話再次浮掠，我坐回車上竟突然淚流不止，原來那是沉默的父親內心裡最軟的一塊，一首有溫度的詩文，神前的那個祝願，也許不止是祈禱，而是一個父親，內心裡最厚實的愛，他不懂如何當面向我們表達，只好藉由一位中介公允的神祇，完美陳述。

媽媽的求福是另一種形式的，一個人，一段路，不嫌累，不停來去，那地方同樣叫做廟，它是媽媽的精神寄託，希望所在，虔迷的信仰背後卻含藏著濃得化不開的情感，一個媽媽為子女著想的堅定！

大學聯考前，媽媽熬雞湯替我的腦子進補，替我巴結神佛，希望祂們在功名簿上偷偷添上一筆；從我家走到三山國王廟約莫一刻鐘，她一路默記與神交流的台詞，熟練的記誦對話，內容一改再改演練數遍，在最接近神明的位置就定位，跪下來合十膜禱與神明溝通，舉起籤桶屏氣凝神，再賣力搖晃，把居高的那一支抽出，放在神龕上，擲筊，最後得到三次聖筊確認，給廟祝示疑，得到我考不上大學的下下籤，

媽媽難掩沮喪，她不信邪，一周一拜改成一周三拜，最後是天天上門求助，加碼許諾，內容大致如下：

「如果兒子今年可以如願考上大學，我就備妥三牲酒禮，三兩黃金酬謝，演三場歌仔戲酬神三天……望眾神駕庇佑……」為何都是三？我就不得而知了。

心誠則靈，放榜那一天我在廣播上聽見自己的名字，她開心兌現承諾，備禮道謝，直說神明靈驗！

大嫂是童養媳，我習慣叫姐姐，她們像母女，少了婆媳問題但添了母女情結，有段期間經常因為小事而鬧彆扭，常至見面不相視，即使如是，姐姐生病時，她仍不辭勞苦，轉乘幾趟公車到遠方傳說中很靈驗的寺廟求神問卜，得靈方一帖，命令姐姐服下，消解怨懟。

媽媽要求我必須陪同走廟，一度被我視為酷刑，因為它會誤了我戲水游泳的嬉戲時間，與打棒球衝突，上了大學有了智慧則是不屑，繁文縟節讓人窒息，多次藉故擺脫，她嘀嘀咕咕，一會兒便逕自氣呼呼的一個人負氣走了數公里路，到佛寺繼續為我求福！

香灰是媽媽最有法力的戰利品，摻在白開水中逼迫我一口喝下，但我多半只象徵性喝下一口，便趁其不備偷偷倒掉。

過年過節媽媽的求福指令，出門先往東再往西，走幾步再往南方，這種規則聽起來便很瞎，非常好笑，但她很堅持，相信因而我一年就會平平順順，我只好出門應付了事。

這些蠢事，經由時光洗盡，慢慢明白那是兩代之間愛的差異，信仰是媽媽唯一懂得傳達的母愛濃度。

江湖術士告訴媽媽某一年我命犯血光，可能危及生命，必須作法破除，她日日操心，找了一間廟，日子日漸迫近，媽媽開始奪命連環扣，要我馬上立刻找一天下班後火速趕回老家，參與偷天換日的祕密法事。

初始嗤之以鼻，一直虛應，以忙推辭，但每次掛上電話之前聽見她因而焦慮落淚的啜泣聲音，卻又不捨。

眼淚鼻涕攻勢不斷，我終於不忍心，半夜開車回家，在寺廟前與不知拜了幾回的媽媽會合，那一夜耳膜充塞著無止息的誦經聲音，我無有意識的跟著法師指示繞著火焰圓周而行，他用密咒天語，燃燒的紙錢竄出的黑煙當掩體，狸貓換太子，更改生死簿，費時數小時，終於結束，最後一疊金紙放進爐中燒燃乾淨，灰燼從爐中竄出，隨著風揚起，盤旋天際，法師告知媽媽逢凶化吉，一切沒事了的同時，我回首正巧看見她緊繃的臉龐因而鬆了下來，舒緩一口氣露出燦爛一笑的模樣，至今難忘，它像一種愛的樣子。

夜真的很深了，載媽媽返家，從後照鏡中看見她一臉倦容卻又放心的臉，那就是一輩子都在為兒女操勞的媽媽！

她的信仰原來不止是信仰，而是摻雜了關心與愛的心理自療，相信這樣做孩子就會有福分，如同莎士比亞所說：「人生如花，而愛便是蜜」，拜拜一事如此想來一定如花似蜜吧，他們為子女而設下的幸福道場。

8 一張寫著平安的符

冬日風中，我悄悄把從媽媽房間翻找出來的遺物分門歸類，偶爾停了下來醉在記憶之中，在某一樣物品上打量，其中之一便是「平安符」了。

那是早年媽媽風塵僕僕為了某些掛念的事在神明面前費心求來的，藏了太多歲月的痕跡，而今媽媽不在了，這些惦念的法術也不在了，如何處理？我看著、望著、想著，眼淚不停流著，最終決定留著吧，把它放成思念。

過往的事偷偷從潛意識裡滑溜出來，每一張符因而都編排出了當年的畫面，藏著媽媽的愛，辛苦為兒子叩首擲筊三聖杯求來的平安。

三山國王是村廟之神，依山而建，旁邊是河，從我家到廟大約十分鐘，方便媽媽什麼事來此許願求事，我的平安符多數出自於此，媽媽喜歡邀我同行，她去求神我去捉魚，各取所需；只有她認為重大的與我有關的事才會要我跪坐一旁，用清亮誠懇的聲音向神明稟報：「弟子×××，家住宜蘭○○○……」，再把求得的平安符，在爐前燒了三圈過火，眉開眼笑的站了起來，告訴我儀式結束，將帶來平安了。

「過爐」在她看來是非常重要的，除了表示虔誠清靜之外，還能吸取神明香火靈氣，強化神威的意義，有加持作用，媽媽到任何地方進香都會求上一符。

佛祖廟離家走路約莫四十分鐘，我就不愛同行，常常找借口避開，她會帶著氣，一個人孤獨的走過員山大橋、鴨母寮，從三角水抄近路越過田埂求神。

一座廟。

一份虔誠。

三個聖杯。

很長一段時間串起了媽媽的的信仰世界，加持與保佑，一種對子女的愛了。

平安符載運了她對家人的「關心記事簿」，我在風中把每一張符都攤開來研究，其中一張來自基隆賢天宮，我的猜想是她去弟弟暖暖的家，順道在附近蹓躂時進到了廟宇祈求來的吧，逢廟必拜是她的慣性，總是把平安幸福如實轉交給子女，平安符寓意平順安心，她用千里加急的快馬加鞭求給了我，可是我卻常常不惜福虛應一下，面無表情的接手過來隨手擺放，根本未能明瞭符裡的愛與關懷。

北港天上聖母來自雲林，何時去的？我怎麼一點也沒有印象，可能是農閒之時，村子裡組成的旅行團，沿線參拜，她跟著去旅行時，在北港為兒子全家求得一個鮮紅裡頭包裹著香灰的祝福吧。

台東凌霄寶殿對媽媽來說是遙遠的距離，她有去嗎？還是託人求的，總之的確出自遙遠的台東，寫著玉皇大天尊。

信任生信心吧！

這些平安信物全是媽媽辛苦求得的，她相信藏了超凡無比的庇佑，堅持我必須掛在醒目的地方，最好在她眼皮子下出現，以備查核，這樣才保證開車安全，行事順利，讓她放心，我當年的確是不懂的，甚至還會因為她的執拗與之爭執。

何必與她爭？而今想來可笑：「我是大人了，不要管我?!」

但在她眼中我是永遠的小孩。

村子裡的人告訴她：「你兒子很厲害!!」

她的反應像極了卓別林：「我生的，誰厲害？」

她把愛解構得酣暢淋漓，我卻要等到遠行極樂，記憶渙散，才能從平安符的猜測中，得出一二，讓它們成了紅塵裡我唯一可以依憑的念想！

媽媽為我們做的，大約接近拉布呂耶爾說的：「最好的滿足就是給別人滿足。」

也許她更上一級，根本什麼都沒想，不求回報，默默的用愛織縫，即使有所求，也是錢換不來的，這些平安因而被我小心翼翼用一只飄著樟木香氣的小盒，典藏起來。

平安符這件事讓我聯想起一件偶遇，天光初亮的某一日我騎上單車從家裡出發，沿著河岸前行，天光由暗至明，在橋上佇立凝眸看見河中折射的光影，濛濛中游離藏著滄桑之美。

一對母子意外闖進我的眼簾，兒子約五六十，老媽媽初估八十以上，乘坐的輪椅很有巧思，與兒子的腳踏車牢牢焊接一起，腳一程車一程輪椅也一程，他用它載媽媽騎出一片風景。

親手改造的心思特有味道，不知為何，看到眼眶泛紅，淚水筆直滑落，許是想起自己的媽媽了。

如果早一點遇見這對母子，興許我也會如法炮製做出一台一模一樣的愛的腳踏車吧？

第三本存摺

幸福的如煙往事

宜蘭的颱風來得又快又急，像拋物線一樣，一個大迴轉就到蘭陽溪口，當年的房子，還沒有改建水泥洋樓之前，是鋪著磚瓦的老式建築，二進落，有一個天井，滂沱大雨如倒的一般傾洩而下時，屋外下大雨，屋內必下小雨，媽媽是司令官，命令我們把家中的鍋盆桶，所有能裝水的容器，全派上用場，承接滴答的漏水，廚房還可忍受，臥室就慘了，呼呼呼的鬼哭神嚎，伴隨著偶爾滴到臉頰的冰冷急凍的水珠子，一夜難眠，努力奮戰了一夜，直到精疲力盡為止，才緩緩入了眠。

「免驚，颱風會過去的！」

媽媽這話管用，好像定海神針一般，安了我們的心，隔天早晨，風勢的確愈來愈小，終至遠離，往西或者飄北遁去。

收拾殘局又是一番工程，倒了一夜的水，基本上留在容器內的便不多了，最後一次倒光，大約就可以把它們擺放回原位，泥土夯實的地板，在水的浸泡下成了一攤泥濘，必須再花一點時間讓它乾燥，再夯實，媽媽還是用那一句慣用語：

「加油，會過去的。」鼓勵我們，是啊會過去的，今天之後是明天。

這句話並非一個記憶而已，後來也是我的人生準則，潛意識裡的智慧，是的，停在原地只會傷感，往前走才會有陽光。

很多人以為一直陽光的我，一定雲淡風清，人生裡也無風來也無雨，事實上並非如此，生活裡依舊風雨不斷，離職就閒的那一年，我三十八歲，以為一切都想妥了，哪知人算不如天算，考題一題一題來，接軌的工作並不順利，錢沒有如期進到口袋，下個月要繳的貸款還差一里路，難字橫陳眼前，媽媽的「會過去的」，此時彷彿黑夜裡的星星，微微的光點出了方向，後來真的都過去了。

雜貨店不是什麼大公司，被倒債的機率並不大，但一定有人賒欠，收款是大學問，很多人是無力償還的，否則哪可能用欠的，擺明是窮人的還好說，一眼辨知，有些人分明是貪小便宜，欺騙的，附近的一位小學老師的欠帳永遠不清楚，明明黃酒欠了三瓶，他硬說一瓶，長壽煙七包說是三包，油三斤說只有一斤，總之帳目沒有一次核實到雙方認知一致，可是媽媽的記帳是清清楚楚的，有年月日時，他仍不認帳，最後依他的，八十九元往往只回收三十五元，連本錢都不夠。

這時候唯一可以自我安慰的大約是這句話：「算了吧」，如果不這樣還能怎麼樣？

小村子裡唯一可能惹爭端的，說穿了就是錢，餓個肚子，沒有錢誰也顧不得顏面了。

鄰居偷了肉攤的一斤肉，人家找上了門要求理出公道，爸爸最常說的便是「沒關係」，最後由他賠錢了事，耕田的牛被牽走了，他也說「沒關係」，媽媽嚇出一身冷汗，莫非這個他也想賠，還好最後牛找著了，否則不知他賠是不賠？

原來爸媽做過的善事，受益的人並未遺忘，而是銘印在心。

「沒關係！」

不是一句話，而是一門受用的哲學。

1 想念刀子嘴

持平來說，爸媽都算是刀子嘴的人，但形式有所不同，媽媽算是碎念一型，但卻藏了雨果的說法：「世界上一切都可能是假的，空的，唯有母愛才是真的，永恆的，不滅的。」

當年非常厭煩她如錄音帶的碎念，只能逃之夭夭或者充耳不聞，在她離世之後那種有溫度的母愛也跟著消失了，而今很想再被叨念一回都難如願，這段時間，萬籟俱寂時，常常想起那些叨叨絮絮，可是一轉身卻散成煙霧。

媽媽的刀子嘴根本就是豆腐心，用利嘴的形式表達關心、愛與惦記，那是她的時代傳遞情感的方法，天涼了不是要我加一件衣服，而是說「不會冷啊」，「你要當仙嗎？」下雨了，不是請你帶傘，媽媽的說法是「不怕雨」，「真勇」，下班回來要我用晚餐，她是這樣說的：「嘸夭」，「嘜呷」，關心與愛在她的嘴巴裡全數用負向陳述，我有時也會針鋒相對：「應該夭嘸死？」

她的字典裡的確沒有我喜歡的文明語助詞，只能在有限的話語表述一個母親卑微的心境。

「嘮叨」是我的讀書人定義，在媽媽的世界裡那便是愛，這些美好往事因為媽媽的別離一併從我的眼前消失，我再也聽不到：「我吃的鹽比你走的路還多」的語錄。

媽媽的妙語如珠我是說不來的，比方：吃蛋要剝殼，洗澡要脫衣，上完廁所要擦屁股，早晚刷牙漱口，她完全可以一字不漏反覆倒帶重來叮嚀提醒。

衣服怎麼穿，褲子要買哪一種的，鞋子是何種式樣，什麼要少吃，冬天絲瓜別吃，夏天不要吃橘子，柳丁死也不可以吃，出門要小心，開車要看路，吃飯不要省……媽媽如果一年講十遍還可以忍受，但每天說三回，耳朵便長出繭了，的確厭煩，直到我自己當了父親之後才完全了解這是惠特曼的說法：「全世界母親的嘮叨都是多麼的相像啊！因為那是愛。」

媽媽的心始終一樣，用著自己量身訂做能懂的語法關愛護著孩子，這是嘮叨中不為人知的祕密，需要時間淘洗後，因而有了前所未有的幸福註解，只是人走了，幸福也就不等人的從指縫間滑掠而逝了。

真相是最惱人與催淚的，不明白多好，忘了也就忘了，但終究會明白，便會怨嘆為什麼沒有及早明白？

有些叨念可以不理不睬，一溜煙跑掉，媽媽的話便飄在風中，追不上了我，但陪父親去果園打雜這件事，她便不可能善罷干休，二三天前就像錄音機一樣反覆播送，說爸爸如果沒有我陪一定會非常累，回來便非常氣，我們就會倒大楣等等。

清晨四點如鬧鐘一般準時叫醒，我不甘願的在風如刀的早上起身，惺忪中沾染了一臉起床氣，水槽裡的水凍如刀，潑在臉上有如響刀一般吱吱作響，立馬逼走周公，父親臉如刀，配上一句冷冽的：「嘜去？」我便低著頭膽怯的騎上車，踩出完美幅度，陪同遠征離家十里之外的果園，單車在碎石子小路上顛簸，摸黑前行，晃盪間到了園子大約屁股已震成紅腫的四塊，小小按壓便疼痛不已，莫非天降大任於斯人也都如此？

父親的叨念是靜態，嗯嗯嗯就成事了，不怒而威，不敢不照辦，冬日的主角是年柑，金棗園除草之後，沿著山崖小徑蜿蜒上山到甘橘園摘果，山嵐彌漫，仙氣十足，野兔野雞偶爾會跑出來相伴，父親倒也不會阻止我去追逐牠們，玩累了再回來工作，我終於弄懂他並非要我與他一起從事精疲力盡的苦差事，而是「作伴」，因為一座山，一個活兒，一個人，沒有人陪確實很無聊的。

父親不常下命令，但是「你這個龜精咧」脫口一出，我便知道他冒火了，小心皮癢，「柴枝滾蝦米」如劍射出則表示事態嚴重，他準備大動干戈了，我得馬上辦處理好他交代的事情，罵是愛不是父親的專利，那一輩的人都是如此，只是年近半百才生下我，我的青春期已是他的老年期，有時生氣未必是針對我，而是對老化的一種抗議吧，「他的老年維特與我的少年維特」正巧扞格，果園中我們彼此看見對方完美的一面，我弄懂他的冷面下其實藏了熱心。

東北季風夾帶強大水氣，天氣變得濕答答的酷寒日，惱人的事卻反成了溫柔事，父親柔情似水，悶聲不響脫下工作服，走了過來替我披上，輕拍我的肩：「快去茅屋。」那是一間工作室，擺放工具的地方，而他繼續在雨中除草，那一幕我印記極深，甜如蜜。

通常是十一點多，他會停下手上所有的活，開始起灶做飯，我奉命去撿拾乾枯的樹枝，他去摘些野菜，取一桶野溪的水，我在他的身後看他升火，背影溫柔，他引火慢慢的把鍋內的米逼出香氣成為飯，加上預先備好的醃肉與小魚、菜乾拌炒，便是父子倆一頓豐盛的午餐，相思樹下，你一口我一口的，成了難忘記憶。

夕陽下，爸爸的貨卡腳踏車掛四籠，我的迷你小車子掛了兩籠金棗，一起騎到附近的橘之鄉交貨站論斤計兩稱重售出，得了款，拐一個大彎，用米粉湯的香氣餽贈我陪他的辛苦。

隔一日，他又迅速變臉成了原來的冷酷角色，他的碎念與媽媽相比起來算是喃喃自語那一型的，自說自話，卻比起媽媽更加有威力，媽媽的叨念能緩就緩，爸爸的細語，能快就快，往事如煙，這些事無論我有多想念，多想重來，刀子嘴也只能入夢，想成一灘淚了。

2 父親的半半歌

如果人生是一本銀本存摺，你想存下什麼？
財富！
需要多少？
金山銀山！
想花多少時間？
一輩子
……
但一輩子卻是一生，用光了時間，還有時間支配錢嗎？
據說：
可以用的錢叫錢，不能用的叫紙，放進了銀行叫數字，燒來給自己叫冥紙，兒女特愛它的會淪為爭奪的戰爭，哪一種好？

人生最大的一筆錢應該花在需要的事情上，不是想要，它是賺來用的，不是掠奪且藏了起來。

法國作家波特萊爾說：「沒有一件工作是值得我們曠日持久的拚命，如果真的這樣，人生一定是夢魘。」

賺到沒有時間肯定是夢魘，可惜若是無人提醒，我們便會在奄奄一息之前，才懂得領悟世事無常，到了無藥可救才會感恩生命，因而把人生演成了來不及。

五十歲是個好時機，代表人生過半，應該畫出一條涇渭分明的楚河漢界，上半場結束，接續是下半場，但該怎麼好好續演？是用曹操的〈短歌行〉裡提及的：「對酒當歌，人生幾何，譬如朝露，去日苦多。」把人生解讀成何以解憂，唯有杜康的醉翁嗟嘆？或者日作夜休，從汲汲營營的蜂忙生活脫困，描繪出動人的風花雪月。

美國哈佛大學經濟學家史酷必提出他的見解，很有錢的人最多不過是有錢人，但加上健康、快樂時間與優雅生活則是富有之人，「身價」是他的主張，量化換算得出我們都值二億四千萬，但孜孜不息的忙碌工作多半只能贏來身價的八分之一，卻因而遺失美好的八分之七，由此得知，錢的最大意義不是八分之一的「擁有」，而是「媒介與交換」得到更優雅的八分之七，工作得錢，用錢過美好生活，才是有味的方程式。

沒錢萬萬不能，但它也不是萬能的，至少我沒有見過錢可以換得幸福，工作得錢是天經地義的事，但持續不斷工作就是災難，我用爬山、溯溪、打羽球、浮潛、泡野溪溫泉、喝杯下午茶、無所事事的觀星攬月、閒晃跳蚤市場偷閒，讓努力掙來的錢多了一個美好流動。

三十八歲那一年決定改用「減法人生」，結束朝九晚五充滿問號的螻蟻匆忙，需要多少賺多少，量力而為，做自己想做的事，但經濟便不寬裕，改變在所必然，比說，舊的無妨，我不介意跳蚤市場，人家用過的，看來半新的二手舊貨，這樣就可以極少的金錢買到一些可以用得到的東西，免去一大筆額外負擔，收入短缺，但減少消費，依舊不多不少。

如果不必應付龐大開銷，何用氣喘如牛的工作？這是近幾年一批極簡生活者的主張，沼畑直樹是其中一個代表性人物，他從一個繁複的追求者，變成生活和美感的堅持者，他說：「與夠用的物品生活，才是快樂的，少了雜物的空間，是清新的。」

佐佐木典士的衣櫃裡曾經塞得滿滿的，每天花一小時選衣服，浪費了早餐時間，而今只剩下三件上衣、四條褲子，生活不再被瑣事占領之後，反而節省不少時間，營造出更優雅的生活。

這些現代化的物質革命，在我眼中，父親早就奉行，他的飲食單調，生活簡樸，沒有豪奢氣派，經常只有一件汗衫當便服，其他便是農作服了，少了物慾反而快活，一天被分成白天黑夜，日落是界碑，白天工作，黑夜停下來留給自己，它是星空的，浪漫的，自己的，於是他會在微風徐徐的夜裡搬出一張長板椅條，著一條短褲，手中揮動大扇子，暮靄中月光下，享受一天的下半場。

父親埋下的悠雅種籽，三十八歲長出了芽，五十歲探出頭來，我因而比別人早一點理清人生，懂得不再只是單調的為金錢服務，人生最珍貴的人叫做自己；半

百之前活脫脫像個無魂的過客，算是夠了，半百之後應該演活「詩人」或者「哲學家」，至少做到：

「柴米油鹽醬醋茶，不可不要；琴棋書畫詩酒花，非要不可；橫批：活得像人。」

我努力掙得「想要的」，但也享受「所得的」。

「小時候，幸福是件很簡單的事；長大後，簡單是件很幸福的事。」

雷哈尼的說法很有哲學味，我正打量讓臨老之年回到那個傳說中的簡單的幸福。

3 金錢裡的不同風景

無論我如何加減，父親帳面上的所得，的確不太可能應付一家多口的開銷，萬一加上無情的天災，暴雨落個不停，轉個彎掃進蘭陽平原的颱風，落果處處，果園裡的收入慘不忍睹，便血本無歸了；「丙丁雜貨舖」是我家唯一靠得住的收入，按常理推斷，進貨八元賣出十元是有利潤的，至少足以餬口，可惜賒欠的鄰居永遠多過帶上錢清楚交易的街坊，如果沒有如期收回欠債，可能連下一次補貨都有困難。

當年的公賣局需要菸酒公賣局證件，每個商舖都有規定的補貨日，父親常常在前一天就在稻埕月光下焦慮的踱著步，苦思錢的來處，沒錢怎麼補貨？當日不補得等下一回。

出手襄助的是一家「私人銀行」，隔壁的婆婆，毫不擔心的從私人庫房取出一疊錢：「拿去。」這應該是有借有還累積出來的誠信，讓父親可以得到婆婆的一諾千金，她的兒子，我的私人理髮師，最佩服父親「誠信」，在他的媽媽，我家私人借貸銀行眼中，是一個講信用的人，言而有信，從不食言。

借錢給父親是因為「放心」，一個讓人放心的人，借錢便不是借，而是一種仗義了。

父親的誠信借得一些錢，讓雜貨舖繼續運轉，村民繼續欠錢，流淌出美好的互助。

塞內加說：「教誨是條漫長的道路，榜樣是條捷徑。」

我從父親身上模仿「誠信」特質，很少像他一樣有著調頭寸的苦惱，但偶爾買魚意外忘記帶錢，很冏的賒欠帶魚回家，我都還是會因為害怕「失信」，立馬乘風火輪歸還，現在明白了這種特質不是天生的，它是父親的身教。

父親對我影響極深，家訓就叫「一句話」，意指說了就算數，不必簽借條，用合約，只要一句話就說定了，那也是我的支票，用承諾畫押的，這些年來出版社與我談妥了出書計畫，經常害怕最後版權旁落，急於約妥一天，白紙黑字簽下書名、出版日、交稿日期，我一律不允，並非三心兩意等大魚上鈎，而是我的誠信不止一張紙，而是一句話，答應了便是承諾，簽約反而是給自己無形的壓力。

誠信讓出版社覺得我是特別的作者，在知識「糞」子當道的社會我保有的是知識分子的風格，說一不二，像英國人的格言：「一個好的榜樣，就是最好的宣傳。」

父親是我的榜樣，而他也有榜樣，每一年春後夏至他便開始奉茶，茶葉都是跟同一人買的，由於補貨急忙，從來無暇停下來在店中試茶，老闆用誠意代試，爸爸用相信買茶，聯結成美好。

袁宏道在他的《板橋施茶疏》一文中提到施茶這件事：在不同季節會有用心，夏天提供開水，冬天煮薑湯。

爸爸也是如是，它在小事卻藏大愛，給路過口渴的人得到一口茶的幸福。

他每年都會重新製作他的「奉茶亭」，竹子是郊山取的，去皮陰乾，用自己的手藝花上幾天工作天製作而成，我與弟弟搬至土地公廟前陰涼的地方擺著，用我當時才識得的幾個字歪歪扭扭寫下：奉茶。

山邊的農家們，載著當季蔬果一路風塵到宜蘭市區販售回程時，多了一處休息納涼驛站，可以停了下來喝上一口茶。

粗與細兩款茶葉，粗枝大葉自己喝，好茶留給別人，這些身教口傳最後烙印成為我的慈悲。

父親當年被幫助，後來幫人，我是窮人小孩，比起別人更懂窮人之苦，有了錢之後便不由自主像父親一樣化約成了一種慈悲，出手未必闊綽，但至少懂得教人使用釣竿。

我因而相信，錢最美好的樣子不是錢，而是心。

約我演講的部落校長支吾其詞，語意飄忽，我懂的：「講師費用一定很少啦！」

但我仍依約抵達宛如沈從文的邊城，講課一天，收下微薄費用，我回贈後車箱裡祕密載來的童書繪本。

那一天風塵僕僕，台北六點，微光中出發到部落，昏黃才進了家門，豈是一個「累」字了得，但這一刻錢所換得的確實是美好的流動。

反觀英國女子貝福德中了一筆彩金之後，有了巨額財富卻一併剝奪了她的平凡人生，數億元引動家人失和，最後與覬覦財富的丈夫離婚，父親及弟弟翻臉要她付出二千萬斷了親情，彼此再也沒有聯絡。

貝福德很沮喪：「原本以為這筆錢可讓大家滿心高興的，可是它卻來暗地索命，讓人變得苛求和貪婪。」

父親的錢用來布施，給人歡喜；貝福德的錢帶來貪婪，引火自焚，薩德說：「地下的金子要從礦脈裡挖取，愛錢如命的人的金子要從他的靈魂裡發掘的。」

我懂了，一個連靈魂都散佚了的人，錢會不會只是培根說的：「有如肥料，不撒下去就沒有什麼用處了。」

4 河畔的心理診所

媽媽從來沒有拜在佛洛依德或者榮格的門下，修習過心理學，在我成為臨床心理師之前她已經比我更像心靈療癒的醫生了，在一條河用浣衣的形式，透過涓涓細流，讓怨氣忿怒向東流走。

家鄉的那一條幽幽流淌的員山河，是一座如實的心靈道場，藏著我的童年，清晰記得助跑狂奔一躍而下的消暑一幕，釣竿上勾了一條泥鰍，藉著昏黃夜裡插進河中草叢中，清晨天光初亮出發收竿，幸運的話可釣上幾條河鰻或者鯰魚，足以應付一個學期的學費，那一條河充滿了美好有味的河，一夜說不完。

媽媽時代的鬧鐘是公雞啼聲，非常吵人，幾聲清亮就把人給喚醒了，媽媽起身把前一天換洗下來的農事工作服與我們的學生卡其制服，一一裝入木製、提起來有點沉的檜水桶裡，順手拎起看來可怕用以敲打衣物的「狼牙棒」，輕輕推開柴門，到河上演出動人的「浣衣記」。

一聲咿咿呀呀的清亮柴門聲破空而出，媽媽走出家門，我揉一揉惺忪睡眼，偷偷沿著竹林小徑跟上河邊，媽媽並不責怪，反而笑臉迎人，囑我小心石上青苔，交代一點小幫手任務，便可在淺水區嬉遊了。

姑嬸們一一散開，各自占據河上一粒濕滑的石頭，整齊劃一淘水洗滌，蠻勁敲打後，再放回河中飄流拉上，沖洗掉髒汙，動作簡練優美。

第一個人出聲畫破微光中的寂寥，吱吱喳喳便打破靜默吵了起來，主題大約離不開育兒經、媽媽經、夫妻經。

在那個以夫為天的年代，婦人們在家多半是受氣包，洗衣做飯帶小孩，少了自由的靈魂，還好丈夫只管一丈之內，一丈之外的河上浣衣便管不上了，就是女人的世界了，姐姐妹妹全起來，毫無忌諱的數落家裡的那個「天」，王字的「尪」被改成：

「夭壽骨」

「膨肚短命吔」

「死酒鬼」

「死沒良心」

「死沒人哭的」

「鬼打到的」

……

爸爸若在浣衣現場，一定會很驚訝這些人替他冊封的新綽號，這是他永遠聽不到的形容詞，反射出某種程度婆婆媽媽們心中藏污納垢的鬱悶，迫害者統統指射同一種人：丈夫。

河上的浣衣診所內的每一個人都帶上一張利嘴，盡情發洩，止不住怒火報復似的，輪流炮轟，媽媽看來也非常喜歡這個私房結社，一大早便把昨晚的氣給洩了，帶回一點笑容，提著剛洗好的衣服返家繼續如常工作。

媽媽浣衣洩火的同一時段，我開心抓魚找自己的樂子，員山河激流沖刷出來的沙洲轉折低迴形成的一處流速極緩的淺潭，碩大的斑節蝦常常藏身石縫，網子隨意

一撈就可以輕易捕獲，媽媽洗完衣服後我也收穫豐盛，中午飽餐一頓了。

年節前浣衣還有附贈戲碼：殺雞，刀起刀落，前一刻活生生的雞便鮮血直流了成了節日上的佳餚了，我害怕常用手掩住雙眼，再從細縫裡偷看，清理內臟時媽拉出一小截腸子，我利用它釣毛蟹；河中野生河蜆多半藏身礫石堆中，稍一掏動就可以用肉眼摸上數粒，等媽媽收攤回家時大約有一碗薑絲蜆湯的分量了。

浣衣不止是浣衣，而是「集體心理治療」，媽媽們演出心理劇，八九位哀怨者，在一條小河，無有芥蒂的大方奔流，一周幾多次，每次二小時，憂鬱、哀愁、煩悶大抵消了七成。

我的一位同學的媽媽因為沒有加入這套集體療癒的行列，便出問題了，麻煩如影隨形，經常性的撕裂喉嚨狂叫，整條街的人全知道。

我們相隔五戶人家，上學途中一定會經過他家，我幾乎沒有不聽過淒厲吼聲的，也許那也是她的減壓行動吧，但次數頻仍，小孩便很怕走過他家，懼怕宛如經過一座活火山口；有一回，我目睹同學帶著滿腳不斷流淌的鮮血衝出家門求救，才知道他的媽媽原來是一位暗器高手，盛怒之下出手，火鉗不偏不倚射中小腿肚，穿了過去，我媽媽驚嚇中帶著他就醫，眾人議論紛紛，有人氣忿難平：「萬一射中了頭怎麼辦？」

這些陳年往事，在媽媽離世之後，被我從泛黃中回想起來，終於明白我的某些自我安定的形式並非得自大學的心理課程，而是沒有門派的媽媽，私下醍醐灌頂的。

媽媽自有道場吧，它在心，處處蓮台，步步蓮華，何處不自在，鑰匙不在別人的口袋裡，它在自己手中，我們都是開鎖者！

馬丁路德金二世就是這樣想的：「助人不必有高深的學問或過人的本領。」

應該是吧，媽媽這個心理學家沒有什麼大學問，但有一顆心，便在河上開業診所，很稱職的安頓別人心靈了。

5 醜陋的財富

著名作家薇薇夫人退休之前，我登門拜訪，聊天中她問我退休最該準備什麼？年少的我毫不考慮就說是錢，她卻笑答是「力」，當年不解其義，而今像開悟，是的，力吧，力比錢更值錢，沒力是用不了錢的。

好朋友們相約爬九份的茶壺山，我依約在加油站廣場會合，他們一個個曾經都是健步如飛的高手，風馳電掣的登頂菁英，縱橫百岳，但是終有一天仍然只能在山腳下向聖山膜拜，吱吱叫著的雙腿，微微顫抖，不聽使喚，改口說未必要登山頂了，路上風景也就好，言下之意聽得出來缺力了。

原來金錢可以換取很多東西：

房子

車子

皮包

三C
翡翠鑽石
……
但卻換不到：
健康
快樂
幸福
平安
體力。
錢有時可能還是親情的敵人，它似上帝，創造出一粒連自己搬不動的石頭。
二〇〇二年一位年近九十的老翁意外中了一千萬頭彩，嗜賭的他中獎後連同兒子兩人更沉迷賭博，兩年不到就將巨額彩金花光用盡，身分又變回中低收入戶，二〇〇七年老翁過世時，竟連數萬元喪葬費家人都拿不出來，金錢原來是一場災難。

這對父子應該早一點理解奧雷茨的說法：「世界最美的事是不必用到錢的，因為錢常引來的是醜陋吧。」

豪門恩怨時有所聞，財富是元凶，幾億元的爭執完全不念親情，但如是龐大的數字還是可理解，更多只有幾十萬元的家族，也可以爭到對簿公堂，或者放火洩恨。

媽媽離世，所有的法事告了一段落之後，我沒有喘息，接下來就來處理用錢偽裝的遺產問題了，壞東西登場，盤算之下，媽媽留下來近四十筆不值錢的土地，合起來是一座小山的十八分之一持分，一畝竹筍園，及一塊建地，公告地價約莫數百萬元，我接下分產者任務。

這該是我們兄弟之間最後一次觸及財產的事了，圓滿才是王道，否則金錢引來了爭執與衝突，把原本就可能因媽媽離世而散開的情感，必定加速崩解，太太是我的軍師，要我用「濃情」裂解風波，離老家近，帳面上最值錢，能夠讓退休的人偷閒並長出竹筍的那塊地，交給為家付出最多，最是辛苦，一直護持我們的大哥！

藏了我的童年回憶，而今已荒蕪的柑橘山，因為持分者眾，擁有反而麻煩，它無法成為財富，歸屬我與弟弟，但他放棄，由我一人繼承山的專責「繳稅」權！媽媽紅塵最後一件牽掛，我圓滿完成，搖身成了有山的員外！

山的確切位置的確模糊，只能單憑兒時印象，依稀記得走一段，座落一間禪寺後，但老廟早已荒了，印記散佚；這大約與人生一樣吧，總敵不過歲月的淘洗一一渙散，最後問明，禪院後來轉由佛光山管理，改名「圓明寺」，從寺的鼓樓凝視的那片青翠山巒，千真萬確就是我的，只是物是人非，莫非這就是人生，沒來沒去！

但丁說：「親情是世上最美的聲音！」

應該是吧，捨得二字乍看是捨其實是得，少了錢但得了親情，也算心靈富有。

來生無名無狀真不可知，錢至少到目前為止應該只能使用一輩子，財產的下一站便是遺產，這是我料理媽媽後事之後最大的感受，她在陽間活了九十五歲，算是長壽之人，但仍只有一輩子，百年爾爾，年年歲歲花相似，歲歲年年人不同。

終有生滅，如何演好？幸福用錢？還是盲目追產？

如果不必擁有全世界，為什麼要為了它虛耗一輩子，得了一個身心俱疲？房子住人的吧？一個人五尺長，頂多一方天地，要那麼大幹嘛？投資？錢滾錢？但滾動出來可能是耗盡的體力與時間，而爭得面紅耳赤，失去的可能是親情，哪裡值？

媽媽如佛，用身後事示我一個了然，金錢該拿來善用，「戈」藏了起來，分產就不會殺紅了眼。

沒錢更好!!

至少父親留下的手尾錢只有十二塊六毛錢，根本沒啥好爭，三兄弟各分四塊二，但媽媽留下的比父親多得多，價格屬於可以吵翻天的數字，慶幸父親把錢調教成不止是一枚硬幣，還有愛的媒合，圓滿一件事的憑據，錢再賺就有，但親情失去了可恐怕再也回不來了。

「掛念」一詞的確起了作用，在必要時發揮關鍵能力，很多法事免了，一些記憶留在心裡，反芻成了甘醇。

轉身常常就是永遠，天上人間了，驚嘆號馬上成了詠嘆調，何必爭？感恩惜福，和諧共度不是更美的結局？

這是我唯一，也是最後一次當財富的裁判人吧，我分配媽媽遺產時因而得了一點有味的心得。

6 媽媽的日曆本

日曆在媽媽的眼中是一種很有象徵意義的圖騰，但初時我並未完全理解！

一天撕去一頁，寫著簡易的宜婚喪宜嫁娶事宜，它是農會送的，珍貴在哪裡？

新家裝潢工程如火如荼進行時，媽媽一再逼問：「日曆掛哪裡？」

「台北不是鄉下，不掛日曆的。」我回答得理直氣壯。

這下媽媽更火了：「哪有人不掛日曆的？」

我忘了這件事最後怎麼收尾，反正我依舊我行我素沒有替她掛上從宜蘭員山託人取得，可能占去大半面牆的大日曆，她氣呼呼但沒有堅持，只是有段時間媽媽不太理我，目光交錯便閃走了，很沒有勁。

如果換成現在，我一定會妥協的，經過年輕的三十歲，迷惑的四十歲，熟成的五十歲，我慢慢可以描繪出媽媽日曆本裡藏著的祕密，它不是日曆，是她的「存款簿」，每天登錄下來賒欠者的帳款，全是財富，收債便是希望，有了它們就會有我的零用金、註冊費、學雜費，歲月荏苒，雜貨舖子早就收攤，沒有人會再欠錢，她不再需要站在日曆本前，一筆一畫勾勒紹興酒一瓶、黃酒一罐、新樂園三包、醬油一瓶……但猜想有了它媽媽是否依舊會有某種程度的「心安」。

媽媽爬上小椅子，踮起腳跟，把日曆本取了下來，再與手上的筆記本核實，方才安心入睡，這件事她做了幾十年我看了十幾年，儼然是她的生命記事了，怎麼可能說忘就忘，年年歲歲且掛在牆上也是情理的事，而我卻那麼不貼心的百般刁難，讓她難過。

我想像媽媽掛上它時，會不會還有思念的效果，因而穿梭時空，回到從前，念想起她的丈夫，我的父親。

德國有句諺語說：「家的設計師唯一的人選是自己。」

它如種籽一樣埋伏下來種下心中，媽媽也許不懂，但用同樣的方式布置她想像中的家，像個藝術家。

我在台北的第一個家是用工作幾年積攢下來的一點足以付頭期款的的第一桶

金換來的，三十萬付了就一無所有，裝潢因陋就簡，簡易的施工再用拼湊的方式完成，沒有什麼品味，頂多是個住的地方。

第二個家，從鬧區換到熟悉的木柵，算是安定了，對家開始有了不同的想像，我花了很多時間與設計師討論修改，一條長長的藝術走廊於是誕生，掛上了旅行收藏得來的畫作，晚上點亮投影燈，光與畫交揉出美的相遇，每幅畫都不止是用錢購買的，還有與畫家的投緣，不是投資，而是與畫者相遇迸出來的哲學火花，及悠悠流淌的記憶。

ＣＤ是除了書之外我最重要的收藏，有了屬於它的家之後也不再流浪了，平整的擺放在客廳，一個專屬的格子裡；處處書櫃，書也有了去處，各自適其得其所。

骨董鋼筆、老式茶壺、佛神雕像，一些上了年紀的民俗藝品，統統有了專屬木櫃。

媽媽經常台北宜蘭，宜蘭台北風塵僕僕督工，並且三番兩次潑冷水：「很醜，難看死了。」我們有一段時各自生著悶氣，互相數落彼此不知哪一根筋不對，我氣憤花了多大心思設想的家，怎麼老媽媽老看它不順眼。

她最掛記祖先牌位的供奉之處，老追著工人問：「你們把公媽擺在哪裡？」每個工人都怕媽媽，常被問得啞口無言，其實我有留下位置，只是無法像老家一樣給一整個廳堂，它只能在我的小小房子裡挪出一個不大的地方安住。

我現在明白了，家是她的想望，爸爸過世之後她有了作主的權利，媽媽想一圓想像的家的藍圖，祖先牌位在她看來則有庇佑、關懷、愛與安心的意思，還包括她對父親的思念。

房間本該讓她有多一點參與權，但我沒做到，錢少屋小，她委曲的與我兒子共用一間，她從宜蘭來探視我時，兒子便與我們同睡，設計時我卻只想到兒子，忘了年邁的媽媽更需要那間房的設想，我的同理心應該少了一寸，以致媽媽應該多累了幾分……。

這些事陳年往事，媽媽也許沒有計較，因為父母往往是付出最多，心量最大，懷恨最少的人，當藝人乾德門過世，兒子未從美返國送他最後一程，我在新聞中看得有些酸楚，如果角色異位，多些同理，多想一下老人的好，會有那麼大的坎兒過不去，以致讓人生留下遺憾嗎？

7 爸爸的陳三五娘

人生最美的過程是彼此「相伴」，但我們往往演成「相離」，活著的時候彼此「相恨」，往生後才兀自嘆息「相悲」。

父親離開人世太久了，具體的感覺有些漫漶，卻因媽媽再度移居天堂，一些斑駁塵封的故事才又重新開啟，以為忘了的事原來都沒忘，只是壓抑不去想而已，不經意撓動，漣漪輕泛，便吹皺起了一池春水，哀愁依舊不設防的溢了出來，即使過了三十年思念依舊濃稠，味道淡香，陪父親票歌仔戲的那段往事因而再度浮現。

歌仔戲等同父親的休閒生活應該不為過，他的最愛，除了拜拜酬神之外，很少能看得到，劇團巡迴全台的大小戲院售票表演更是絕無僅有了，父親第一次購票進戲院觀賞一次之後便因而迷上了，每年都翹首期盼著輪到員山戲院的檔期，大約就落在收成之後的農閒時節，他像粉絲一樣興奮的把日子標識出來，等待當十天半個月的票友，除了包公的《烏盆記》之外，他最愛《陳三五娘》，理由為何？我沒問，父親每每看完戲後，騎上腳踏車便在風中吟唱：

身騎白馬走三關
改換素衣回中原
放下西涼無人管
思念三姐王寶釧

這是戲文中的一句，他反覆輕唱，久而久之我便牢記了；跨坐在父親的單車上，第一次輕輕摟著他的腰，聽他清亮輕唱，真是滿足；他有一副天生好歌喉，那是家傳的吧，三伯父也是票戲的，唱的是青衣，七兄弟皆能唱，媽媽形容父親的聲音比歌星還好聽，可惜並不常在我們面前嘹亮歡唱，以至於記憶只停在歌仔戲的少數段子，有幸陪他看戲，貼著後背，除了聽他聲音傳遞出來的脈搏之外，還有溫度。

第一次神祕兮兮開口要求我陪同看戲的那一年，我讀小三，之後我成了他票戲的小三，跨坐在腳踏車後座一起去看戲。

威嚴的他，看戲卻自在放鬆，和著節拍，輕輕跟唱，嘴角上揚，綻放愜意，是一個不一樣的父親；他會說解戲文，暢談童年，說一段我從未謀面的爺爺的故事，他自顧說著，我似懂非懂，本該左轉，他卻右轉往宜蘭方向帶我去打牙祭，親情的溫度一直難忘。

父親應該是寂寞的，也許不是不想與我說話，而是不知道講什麼，說什麼，很想表達卻不會表達，我漸次理解，父親在竹筍園後頭偷偷凝望我坐上客運轉火車北上讀大學的那一幕，原來叫關心，可能怕鼻頭一酸露出心裡的脆弱，崩壞強者形象而藏身起來。

從蘭陽的員山小鎮北上讀大學後的第一次返家日，我事先告知村子裡有電話陳大叔轉知父親我要回家，當日坐上二三六公車從木柵出發到台北車站，改乘平快車過山洞，或由北宜公路搖晃九彎十八拐，由頭城下山，經礁溪到宜蘭，轉乘一天只有兩班的客運在員山溫泉站下車，走路進到家門的瞬間，原以為他會張開大臂抱著我，但得到的卻只有冷冷的一句：「回來了！」

我立刻收起笑著的臉轉身進房間。

我與父親之間的冷交集一直到了他轉身離開，我才慢慢理解他的愛不是規定版本的，而是傳統守舊不同形制的，而後便一直在想，父親在我第一次北上返家的那一刻的第一眼見到我的心情到底如何？

即使我費盡心力考掘，依舊無法究竟，直到自己當了父親，兒子唸了大學，箇中滋味方能體會出了一二，兒子打電話回家，說他準備下山回來了，我便度日如年盼望，分分秒秒盼著，漸次複製出父親當年的心情。

講座途中接到兒子捎來簡訊，問我累嗎？如果累了，自己找到地方休息再回來，甜言蜜語讓我不由分說鼻頭酸澀，原來孩子的隻字片語力度如此強大，非常催淚，撩撥著悸動，真後悔沒有早知道，如果更早明白，我也會叮嚀、問候、關心父親，不至於悔恨。

女兒在英國常與媽媽視訊，但我竟如出一轍複刻父親怕著、躲著，深恐一個畫面會引來一個想念，滑出一行淚，我寧可在臉書與女兒冷靜的對話，一如我的父親，當年用淡淡傳達了愛。

原來愛真的有不同形式，有淺色也有深色，有一目瞭然也有必須用猜的，只是不講出來誰猜得透呀？往往因而錯過，一個轉身化成潸潸的，漫漶的淚，如絲一般滑了下來，連同鼻涕，交錯出淡淡的思念，那種心境應該接近扎西拉姆・多多的說法：「提筆思念，落筆無言。爐中的香，讓它消散吧，桌上的茶，隨它漸涼。知道你還在張望，就足夠溫暖。」

第四本存摺

幸福在發酵

羅曼・羅蘭說：「善不是一種學問，而是一種行為。」

這話我相信，而且從父母身上學到了實踐。

很多看似美好的行為，多多少少都是過往一點一滴不經意之間偷偷埋下的那粒種籽悄悄萌芽的。

媽媽的爸爸，我的外公，農夫，經常在風中，搖曳的黃澄澄水稻田裡工作，那是他的主收入，鮮翠的蔬果則在季節之間附贈的，採收後會從五結過蘭陽大橋沿著省道，風塵僕僕載去宜蘭市區販售，得了一些足以養活媽媽等四兄妹的銀子，外公攤位旁有一位賣鳥的，他經常花錢買下野放，很多人笑外公笨，他仍樂此不疲，這個善傳承給了父親，用同樣的方式行善，賣竹筍的錢一部分被他偷偷買鳥野放，一如他的岳父。

老家附近有座百年老屋，規格方正十足的大戶人家，女主人雍容華貴，興旺之時有二三十位僕人，良田阡陌，坐擁租金，如果不揮霍可以享福百年，可惜一憨一蠢兩個兒子，坐吃山空，承繼不了家業，很快家道中落，成了半流浪漢；村子裡因而流傳著報應之說，說他們以往有錢有勢，從不助人，一定是上天懲罰，才會生出這兩個孩子，蠢的常被憨的餓著，四處伸手要飯，很多人不理不睬，媽媽看他可憐，她說不過多一副碗筷而已，次次回回請他上桌吃飯，他也很自然把我家當他家了，媽媽一定未當它是一種善行，而是一件事而已吧。

「就一口飯」有如美德善行一般植入心中，我也悄悄學會了助人不過是舉手之勞的口訣。

我根本沒有請過助理，但是來去多個自稱者，全是缺一口飯的人，因緣認識了，覺得幫得上忙，就把他們吆喝在一起，給一口飯，演講時，替我打點書的事，帶上自己的手作品、手工皂、手工乳液等等，或者在我的臉書替他們的雜貨舖打廣告甚至銷售，得一點微利度日，這也許是媽媽教的。

很多學校因為經費的關係，付不了文章的轉載費用，請求我免費刊登福利小朋友，我從不二話，一口答應，他們不知的是，這一二十年來演講與稿費一直是我的薪水，養家餬口的憑藉，生活必須品的兑換券，沒有稿費等同工作沒有薪水，但是俠的精神依舊讓我做出助人決定，而「儒俠」的原型可能也是來自媽媽；盤碗出租是養活一家子的重要來路，但是年節鄰居來借幾個碗盤卻又從不算錢的，這樣的媽媽難怪人云有我這樣的兒子吧。

我開著車翻過一座山抵達部落演講，事多錢少還載著一車子的繪本送給山地部落的偏鄉孩子，不用簽具，沒有記帳，歡喜隨心；這與童年我親眼看見，鄰居來我家雜貨店裡買黑糖，順便帶一根竹筍回家的情形有著異曲同工之妙。

連著二十二年，我一年一回或者兩回遠行馬來西亞講座，一站行過一站，少者三小時，多者六七小時車程，身疲心乏，老嚷著不會再去卻依舊勉力再行，藏著的是助人的愛與夢，否則如是飄洋往返四千公里的漫漫長路誰會想去？

父母十方來去，成就了我十方來去的性格，他們的善，我接管了，種籽正埋在兒女身上。

中秋節前夕，家裡多了一粒來路不明的月餅，女兒帶回的，藏了故事，前一天她從捷運站下車，眼前的婆婆提著重物，步履蹣跚，惻隱之心浮動，便幫老奶奶奶提上沒有電梯，五樓的公寓，婆婆感謝小女生的愛心，送上一粒高檔月餅，我聽得入神，說她是好孩子，祝福她成為助人的有錢人。

善的傳遞，愛的力量，看來真的可以「傳襲」，外公給了媽媽，她傳給我，兒女接棒，教育這一件事此刻更加鮮明，它不是成就，不該只有擁有，不是掠奪，而是一種利益眾生的分享，人間有愛，社會才會和諧有味，人人曰善，那就不會紛紛擾擾了，原來基因有兩種，一種是遺傳的，一種是人文的，先天我們管不了，但後天的非教不可。

塞內爾說：「大家都問是否富有，可卻無人打聽他是否善良。」

下一回，我們只問善良不問富有吧。

1 幸福菜頭粿

菜頭粿一直是我的最愛，年節學媽媽會準備一份供在祖先牌位前，焚香祝願，那是傳統，也是記憶，更可能是思念。

不由自主的便想起媽媽在磚砌的灶爐上的炊煙往事，我查得網路上的配方是：菜頭一條六百公克、在來米粉三百公克、太白粉三十克、鹽一小匙五 c.c.、水六百公克，然後把菜頭刨成絲，加鹽放入鍋中拌炒，炒至透明，再用在來米粉、太白粉兌水混和攪拌均勻，接著放進炒好的菜頭絲繼續拌勻，最後倒入放好粿布的鍋子內入籠蒸熟，好吃的菜頭粿就這樣完成了。

記憶中媽媽不完全是，她有自己經驗中的私房版本，口訣是心證，彷彿禪宗版的開悟專用。

菜頭粿在我與媽媽身上建構出來的不止是美味關係，同時還有更濃烈的親情，溫火慢調的平民美食，藏著火與土結合起來的灶的故事，灶腳一直是她的天下，是她用愛變幻出早中晚餐的地方，年節拜拜，在烈火下燒烤出各式各樣平常想都別想，有如米其林等級的祕笈料理，我是火灶前眼油直流的小助理，目的是「等吃」。

節奏明快的媽媽起初讓我根本毫無插手餘地，但我不可能慢悠悠的無所事事，必須配合她擁有一鏡到底的能耐，久而久之也造就了事情到了我的手上大約等同「放心」的風格，這是媽媽教給我的「態度」，它是我在灶前耳濡目染學來的吧。

灶神火辣辣的吞吐樹枝，拾柴是必備，我被命令隻身走過小徑，一個人到幽冥的第一公墓附近，踩在人頭像的墳上，踮著腳打下相思樹上乾枯的樹枝，綁成一綑，慢慢拉回家，蹲坐升火，第一根點燃之後便一根根塞進灶的大肚內，濃煙化成火舌，從灶口流竄出來，與煙共舞一下午。

前置作業還有磨米，父親塞給我一定數量的錢，背上米到鄰居的磨坊，排隊緩速磨成米漿，這些錢除了付磨米費用之外，多餘的則是辦事費，可以買些零食吃，最後一道手續是用扁擔當成絞盤，把水瀝出。

禪師說：「靜中功夫十分，動中只有一分！」

飄香的味道的確需要十分的靜靜等待，最終從蒸籠的細縫溢流而出，我大口一吸，經由視覺，轉成知覺，神經傳輸入腦，媽媽把菜頭粿起鍋後變成味覺。

分量往往超過家人的需要量，通常多出二、三十斤吧，除了拜拜之外，還要應付我們的嘴饞，以及對窮人家的布施，培根說：「利人的品德就是善。」媽媽是相信的。

三嬸婆孤單一個人很久了，住在溪邊的一間茅屋裡，她是誰的親人我不太確定，反正要叫嬸婆就是了；她是我每年奉命送粿的優先者，沒有路燈，通往她家的河畔小築很暗黑，傳說藏有捉交替的水鬼，先得摸黑穿過搖曳生姿但帶著妖氣的竹林，鬼影幢幢，大人嚇我們，暗黑裡垂了下來的竹子是「竹鬼」設計的圈套，跨過時就會彈射起來，把人拋向半空，講得活靈活現，我便怕著了，我一路上唸誦阿彌陀佛，急急如律令快步把菜頭粿送上，狂奔回來。

山邊的老夫妻沒有子女，逾八十歲了，父親會特別囑附媽媽帶大份的，村子裡都是這樣接力互助的，年節一到，父親最是惦記他們，老人家的感謝是行動派的，緊緊握住我的手，再三叮嚀，要我回家務必謝謝我的父母。

可是他的家在公墓邊簡陋草寮裡，一旁有瞪著眼對著我看的亂葬崗墳塚的相片，棺木撿骨後隨意棄置在野徑，一路走來都是毛毛的，覺得好陰森，真怕路上有一隻手橫空伸了過來，拉住我的腳，我緊張地東張西望，步伐飛快。

冒險完成任務，除了一身冷汗之外，加添飢腸轆轆，便得了賞般獲准大快朵頤一番。

如是簡單的善行義舉，這些年慢慢想起，才發現自己真是幸福：「與其說是為了愛別人而行善，不如說是為了尊敬自己。」

這是福樓拜的名言，媽媽提早教給了我，以至於明白錢的一半叫擁有，另一半是善行吧，我的臉書多出兩個社團：微善雜貨舖與友善的好物市集，我猜埋下種籽的也是她，我才懂得什麼是舉手之勞，登高一呼就有一些人跟著我做，便是一件幸福的事了，夥伴們一直用過獎之言感謝我的善行義舉，讓他們跟隨奉行，事實上他們最該謝的應該是把我教得很好的媽媽。

2 寬恕的力量

兒子九歲那一年，我下班回家，看見太太與兒子在我的書房裡面面相覷，原來他打碎了我的一方骨董老水晶印章，這方剔透老章碎了之後就不會再有第二個一模一樣的了，他非常害怕，不知該怎麼圓謊？

碎片還在地上，我忍住怒火問他：「誰弄的？承認就沒關係。」

兒子終於點頭，它是為了證明卵石硬還是牆壁硬的傑作，最後我對他寬恕，告訴他沒有關係但以後要小心。

我現在已經老到會忘事的年齡，做事粗手粗腳，有一回不小心摔壞他的藍芽喇叭，我發現他當下用的就是我的話：「沒有關係，再買就有了。」

原來寬恕可讓人得到一個更美的對待。

我能這麼做，事實上也是一種傳承。

有一回，我剛投出一場好球，十二次三振狂勝對手，那是我當投手以來最美好一役，滿身是汗帶著笑回到家報喜，卻被門口的大陣仗震懾住了，媽媽在左邊，爸爸站右邊，田叔在一群人中央。

台北搬來的鄰居收購了土地成了新的主人，怒氣沖沖與五六名他找來的惡漢一字排開，來算帳似的，口氣非常不好。竹筍園是這些老佃農的，他們買下又交給村民契作，說好要蓋工廠，家家戶戶都能去上班，這件後來證明是假的，如此一來，擁有者成了受僱者，主人成僕役像被剝了一層皮，心中多少有些不滿，但：

「發生什麼事了？」

媽媽用嘴的搖動打出摩斯密碼，向我使眼色，指示直接入內吃飯，小孩子別管大人的事，於是我低著頭走過銅人陣，用餘光偷瞄了田叔一眼，他的模樣看起來非常恐慌。

好奇心讓我的耳朵拉得好長，緊盯著他們的討論，大約歸納出來前因後果了，田叔是偷竊犯，偷了台北來的旺哥園子裡即將收成的高麗菜，連續失竊四五回都歸罪給他，這種事在鄉下其實常見，有時是採收的花生，有時是旺季的鳳梨，最常的是盛產的竹筍，最多能賣幾個錢而已，圖個溫飽。

爸爸當公親仲裁，鄉下論事有時公親會變成事主，但父親能力高超，加上媽媽敲邊鼓，多半可以逢凶化吉。

「沒錢才做這種事！」

爸爸的起手式在理，田叔若是員外就一定不會做出雞鳴狗盜的事，夜裡提著燈，沿著公墓野徑，避開村人耳目，抵達河床附近偷摘幾棵菜，那是窮人的無奈，但旺哥卻得理不饒人，硬要賠巨款。

「你要他去死算了！」

媽媽的火發得及時：「人家以為賣土地給你們可以換到工廠做工的職缺，但是你們卻用騙的，工廠呢？根本沒有，但人家也沒土地了，怎麼生活？」

針一樣的話直指核心，言明這種作法有違天良：「多少就多少不要獅子大開口為難窮人。」

父親做出有力的仲裁，並從抽屜裡取出一只紅包，轉身再從櫃子拿出一盒菸，加上兩瓶黃酒，要求田叔鞠躬道歉。

「紅包是本金，其他算利息，要當久久長長的鄰居就要彼此原諒！」鏘鏘有力的陳述，旺哥聽後嘟了一下嘴，點頭收下，支走壯漢揚長離開。

當年父親做了很多媽媽口中的蠢事，結論都是別人偷盜，但他割地賠款，母親知道干預無用就無用干預，只好任他我行我素，這些事早早塵封，而今想起來才慢慢理解其中的味道。

「窮人要幫窮人！」台北來的暴發戶是掠者，完全不懂農人苦在哪裡，父親是村長，如果跟著不正義，村民便完蛋了；幫助有時不是錢而是心意，當天父親留田叔用餐，時間彷彿靜止一般，一口飯在田叔的口中咀嚼好久才緩緩吞下，最後起身雙膝跪下淚如雨下的說出：「謝謝。」爸爸急煞了趕忙扶起他：「有困難就說。」

這話真有溫度，卻如催淚彈，炸開了田叔的淚雨。

寬恕是父親的王道，給一根釣竿是他的方法，農事煩忙時，田叔成了當然員工，得了一些錢，這樣一來便不必夜裡出動變裝去偷採蔬菜了，對於父親的恩情他不止尊敬，而且一生感恩。

「對別人仁慈永遠不會徒勞。即使受益者無動於衷，至少布施者也可以獲得滿滿的幸福。」桑馬斯的格言驗證在田叔身上確實此語不假，父親往生時，他不止哭聲震天，前場後場的事他一手包辦，不貪功直說應該的，他做出莎士比亞：「善良的心等於黃金」的寫照。

若是父親地下有知，發現自己不經意播撒下來的一粒小麥，已收成了一塊金條，感覺應是曼妙的。

印度哲人普列姆．昌德為寬容下了註解：「它是從荊棘叢中長了出來的穀粒。」顯見它有多麼困難，父母卻易如反掌做得到，而我只學到一二，無法全數領略他們的心思，可能還需要一點時間吧。

3 幾個銅板

記憶這件事好奇妙，好像小偷一樣，一溜煙就住進了心裡頭。

太太老覺得我的做菜習慣好奇怪，具體而言說是匪夷所思。

一鍋滷了三小時的紅燒梅花肉，鮮嫩欲滴，好吃極了，我卻常常在第一時間，就很自然沒有任何思考的把青菜加進去汆燙，破壞了原有的美妙，即使我已開始有所防備，但偶爾仍會不由自主的做出蠢事。

我不得其解？而今懂了，那是記憶。

父親都是這麼做的，為了省一點點小錢，抑或一點點炒菜的豬油，他便很自然的把這些佐料全下進去攪和，以致連同菜也變得油膩膩的。

青菜吃完了，順便燙豆腐，吸油吃入，以至於成了一肚子全是油脂的「浮油生物」。

我的壞習慣不止滷肉，菜吃完了，菜湯留著，雞蒸好了，雞湯留著，剩下的湯汁再熬上一鍋粥。

這是父親的作法，我如法炮製而已，每天都有剩菜，我們永遠吃生鮮的，媽媽一直吃剩下的！

時光流淌，我驚訝發現自己的心思如出一轍，我也是家中的垃圾魚！

原來很多事不是遺傳，而是記憶教的。

父親相信一塊錢是一塊錢，但是一百個一塊錢則是希望，一萬個一塊錢則叫夢想了。

一個「銅板」的確不值錢，頂多叫做「零錢」，掉在地上未必會彎下腰桿子撿拾，但在媽媽的眼裡則是不折不扣的寶貝，她的手藝精湛，會用一些零散的碎花布縫出一個色彩繽紛的小包包，把錢藏在裡面，再小心翼翼的用針線穿在褲頭上，成了私庫房。

爸爸是家中出了名的省錢王，吝嗇鬼一枚，口頭禪叫做：「不行！」最讓我們不滿的是，捐款時他常出手闊綽，幾千上萬從不皺眉，而我們要他一毛錢兩毛錢，總說沒有，媽媽的褲袋小錢這時候就可派上用場，轉過身子背著父親，從褲子裡慢慢掏出一兩角．塞進我們的小手：「去買金柑仔糖。」這是一種油光發亮甜份濃郁的糖製品，上頭撒了一些結晶，吃起來很順口，但保證會蛀牙。

媽媽藏私卻不私藏，恩惠孩子們的饞嘴，真是母性光輝！

她是我家的大掌櫃，但可以支配的錢很有限，必須經常性的偷斤減兩，家庫通私庫；年紀漸長才明白，她是我們的太陽，少了她，陰暗的地方必定多了許多。

媽媽的藏寶圖一定私傳自外婆，八腳眠床下在外婆往生後清理出一口老甕，裡頭取出不少私藏龍銀，媽媽分得幾枚移交給我，兒女們給出的零用錢，外婆捨不得用，藏了起來，紙鈔化作春泥，只留下化不掉的龍銀大頭。

外婆與媽媽統統寫下她們各自的私房錢史，外婆只進不出，錢反而成了無用之物，媽媽有進有出，讓銅板用愛染飾著，餓著的時候它成了福利社排隊等待餘溫未盡，剛剛出爐的蔥花燒餅，或者買一根小冰棍消暑的兌換券，偶爾玩心大發，買上幾粒彈珠，與同學對戰起來，幾個銅板讓童年變得更加鮮活。

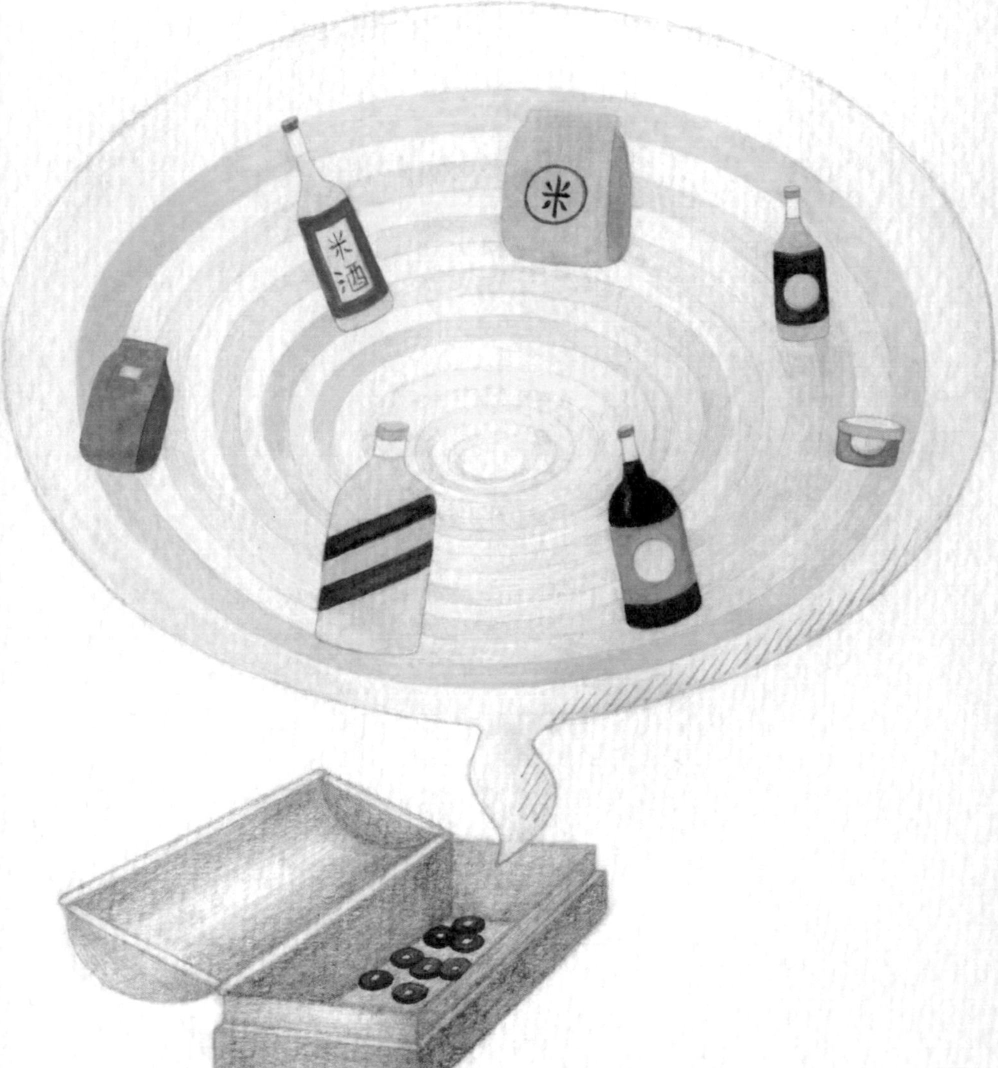
米酒
米

人生一瞬，百年爾爾，媽媽接近查克菲尼的想法，讓錢有了希望一般，外婆的錢比較像紙，像丹麥格言：「節省下來多少，就是得到多少。」

幾個銅板妙義無窮，端賴如何解讀？

我從來沒有一天叫做有錢人，但如同我的媽媽一樣很富有，可以自由自在的支配錢，不該花一定沒花，但該花的從來沒少，人生數十寒暑，至少到落筆的這一刻為止，從未缺過錢，這絕非代表我好有錢，而是我從媽媽身上理解一題簡易數學，五減三與十減八都是二，五減九尚未發生，我就不會掉進錢坑，成為失控的「負」擔者。

知足是我的財富，它是媽媽用身教給我的人生禮物。

窮人憑什麼快樂？

不丹總理吉莫．辛吉．旺楚克說：「關鍵在選擇。」

人生不是直行的，永遠會出現有彎道，左轉右轉，就是一種選擇，你可以選擇有錢，也可以挑選快樂，但是它們常是敵對的，只能擇其一，年輕時覺得錢比快樂重要，老了便知道，快樂遠比金錢值錢。

旅行張家界黃龍洞時，在洞內出現兩個石門通往同一處，一個門楣上寫着：幸福，另一個門寫著：長壽，我毫不思考的選擇幸福。

一旁的老者輕聲低語的說：長壽而不幸福是「悲劇」。

是吧!!!

幸福但不長壽應該是「幽默劇」。

幸福且長壽才是「喜劇」。

4 捐兩萬與豬一頭

蕭伯納說：「世上不存在任何祕密，除非祕密能自動為你保守。」

祕密真的無法自行保密，時間淘洗之後，有一天終究會水落石出被揭開。

媽媽的房裡我翻箱倒櫃找了好多回，祕密慢慢全攤在陽光下，連一些夾在抽屜，卡在縫隙裡的紙條，都因而現蹤，其中一張是泛著黃漬，寫著父親名字的粉色捐款單據，金額「兩萬元」。

對象：三山國王廟。

事由：舊廟翻新。

紙上標註是第一期款項，莫非還有第二、三……期？分期付款？那麼總額就不止兩萬了。

兩萬元？

對一個種植蔬果維生，年收入可能不過十多萬元，偶爾颱風來攪局便血本無歸的農人而言，其實是吃力的，換算成我當年初入社會的薪水，大約折抵兩個月，或是父親的竹筍園經由除草、翻土、施肥、摘取採收，辛苦一個季節的收入。

捐款助人這件事，很多人只出一張嘴，說說罷了，而父親是行動派，「欲高門第須為善；要好兒孫必讀書」讀起來就好像是他的格言。

村長「執政」二十多年，專事替人排愁解憂，像村民的心靈醫生，缺錢的給錢，缺心的找心，最後一次出馬輸給了賄選，就灰心退出這個他所心愛的工作了，只是老兵不死，他依舊是村人心目中最信任的善念村長。

薪俸根本入不敷出，一進一出彷若割地賠款的庚子合約，媽媽最早是埋怨者，哭鬧叫嚷，慢慢成為支持者，否則就不會小心翼翼把他早年捐款的單據一一收下珍藏了。

職位不大但責任重大，事必躬親，包括幫人找回離家出走的老婆，他搭上深夜啟航白天抵達的慢速列車，連夜趕去台南，把人給找了回來，沿途的車資誤餐等等費用一律報「私帳」，最後只換得一句謝謝。

台南在哪裡？

父親的腦海中確實一點沒有印記的，雖有住址，但他並不識字，瞎子摸象似的，這趟尋妻之旅必定千辛萬苦吧，最終完成使命，真的把人家的老婆帶了回來。

颱風一個轉彎不小心登陸蘭陽，鄉間小路柔腸寸斷，政府修路牛步化，緩不濟急，村長便自掏腰包把重要的路先行搶通，用父親的私帳支付。

他不是聖誕老公公，但常背著媽媽，背著禮物四處布施，有時惹得媽媽不得不動怒：「你把家放在哪兒？」

父親是虔誠的宗教信仰者，但具體信什麼？我也沒弄清楚，逢廟必拜，奉獻「保護費」，加總起來是一筆為數不詳的香油錢，與其說那是信仰，不如想成求家人平安的吧。

這些年我一直思考一件事，父親的善行動，媽媽是否曾經出手阻止，如果沒有，那是為什麼？她很贊同？或者攔截不了？

錢在他們的世界是怎麼定義的？

代幣？

交換？

布施？

或者只是一種單純慈悲的美好流動。

「豬一頭」是另一張翻找出來的慘白字據，在媽媽的房裡擺放幾十年了，為什麼如此珍惜？

「殺豬公」的這件事的確殘忍，但卻行之有年，不是節日，就是廟在作醮，或者有人因為允諾用豬來謝神，說穿了一定是對神明有所求的「對價關係」，村中的主神三山國王廟，大拜拜落在農曆的十一月十五，祭典當天抽籤四年一度的下任爐主屬誰？中籤者多半會在當年開始養下一頭豬，用盡方法照護以便四年後變得肥肥壯壯，奉獻謝神，村子裡的大人對神永遠是感恩的，即便大颱風把果園淹走了半片江山，收成因而減了三成，大人們也不太可能怪罪神，反而都會說成如果沒有神明保佑，否則一定全數被河神沖走，於是殺豬公便成了一種答謝，虔誠的酬酢。

祭神的豬公需要申請一張「合格證件」，繳完手續費用，清晨暗色中，「豬的劊子手」便摸黑來到爐主家裡把牠載走，淒厲哭聲破空而出，聽得毛骨悚然，出發到員山屠宰場的這一段路，是豬的最後一程，牠彷彿知曉，嚎聲震天，直入心扉。

我家至少養過不止一回豬公，具體的原因早已漫漶，不復記憶了，唯一有印象的大約也是牠被從豬寮五花大綁拉了出來，慘絕人寰嘶吼，眼神渙散，眼中帶淚，冤屈的走向斷頭台。

我的痛不亞於豬，彷彿失去一個好朋友，牠占據了我的童年，成了玩伴與心理醫生，小豬來的時候我是小孩，我們年紀相仿，我私下叫牠仔仔，放學後看看仔仔，說說話，罵罵老師，講同學的壞話再去寫功課，牠的責任是當豬公，一路被瘋狂餵食，很快便從小仔仔，變成中仔仔，成了大仔仔，最後像隻肥仔。

這些陳年往事隨著時光淘洗，後來也就慢慢淡出記憶，傷痛漸次成了人生裡的一處地景，消失無蹤，如果不是媽媽往生，我從她的房中搜查出她費心收藏的人生記事簿，可能也就淡忘這段陳年往事，甚或完全不再想起那隻豬的悲慘故事了。

但「豬一頭」確切是何用途？

與大姐核實慢慢有了交集，父親高齡四十七歲生下我，那是大事，值得大宴客慶祝，鋪張的請過流水席，並且殺豬公。

第二次與我有關的殺豬大事，應該就是大學聯考，我成為村子裡第一位考上國立大學的孩子，父親一開心便殺豬了。

是嗎？總之，豬可能是我害的？

從收據上的年月分往前推估，應該是金榜題名時，父親確實高興，老來得子，兒子還成了村子裡第一位考上國立大學的大學生，與有榮焉，喜形於色是可想而知的，只是因而犧牲一頭豬，怎麼想都很殺風景？

媽媽應該也開心，才會把豬一頭藏了四十年，直到罹患失智症，無法再追憶為止。

豬以殉道者的名義，成就我的功名榮耀，只是無論怎麼想都有一點對不起那一頭被眾人分享的豬，帶著嗆鼻的酸與歉意，萬一下一輩子因而輪迴成豬，再去找牠當面道歉好了。

泰戈爾說：「愛是理解的別名。」

我因而理解，父母做的一切，的確花了很多心思，用掉一年來的大半積蓄，甚至向人借貸，這些付出如果值得，一定源自於愛吧。

「把別人的幸福當做自己的幸福，把鮮花奉獻給他人，把棘刺留給自己！」巴爾德斯的格言應該也是爸媽的信仰，美中不足的是，因而誤殺了豬。

第五本存摺

幸福可以很簡單

成就是很多人一生的追逐，但常常因而忘了幸福這件事，忘了人生最珍貴不是白花花的銀子，而是人與人之間的互動，曼妙且有味的溫度。

是的，它很難，幸福不具實相，無名無狀，手伸出去是抓不得的，沒有把握，就會悄悄溜走。

我與媽媽陰陽兩隔之後，確實懂了，成就只是我們想的，但媽媽惦念的卻是我們的平安幸福，還有彼此交錯的回憶。

選擇在宜蘭員山的福園送別媽媽是別具意義的，那裡是最熟悉的地方，翻過第一公墓，從野徑穿過，拉著藤蔓垂降而下就是童年嬉遊的蜆埤，一座天泉湧泉的湖，但那一刻卻是媽媽停靈的所在，人生如是，不知是故意或者巧合。

童年往事便一下子湧現，山不算高但經常有濃霧，宛如薄紗，透著朦朧的美，湖中盛產一種經濟價值的魚種：鱺魚，下竿垂釣，咬勁驚人，可以把釣竿拉出一條有如彎月的幅度，幾個小孩合力費勁的把牠拉上岸，魚販會來收購，我們便可得到一個學期的學費。

這是我們的祕密基地，媽媽並不熟悉，但為了找我們，她依循指引翻過她懼怕的墓群，走過野徑，來到湖畔，此刻停靈的位置。

「爸爸快回來了，你再不回家就死定了。」媽媽的出現讓我不知所措，之後她冷面笑匠似的最後補上一句：「釣有嘸？」

便低頭順手拉起我置於水中的魚籠，有鰻、鯰與鱺魚，媽媽便會竊笑出聲。

「以後不可以！」

這對話太卓別林了，彷彿釣魚是不可以的，但釣到魚就可以了。

我收妥釣具與她一起回家，爸爸一見著收穫豐富也就沒再說些什麼，要我洗洗手腳去吃飯。

我完全不知多年之後記憶之湖會成了媽媽安魂的所在，靈堂設在最靠湖的一間，走了出來不到十公尺，就是幽緲的湖畔，魚兒傳了幾個世代，依舊成群結隊，翻身嬉遊，黑呼呼的水洞裡有一條碩大的鱺魚出來覓食，這一次我們不必再越山林，走在陰森森的墓堆之中，與冷眼相對的相片凝望，車子可以停在湖邊停車場，但速度太快反而添得憂傷，慢一點多好，至少媽媽在湖濱閒行的影子就不會那麼快就消失。

媽媽的告別儀式，讓我同時告別原生家族，以後肯定很難再有機會把這麼濃厚的親情召喚回來，讓兄弟姐妹甜蜜相聚，除非珍惜，否則再見面時多半是悲劇。

我確信父母是孩子長大離家之後，家人之間聯繫的線，離開原生的家，我們勞燕分飛各自努力，老人是我們共有的唯一話題，此時此刻才懂，原來我們心裡，都住著同一個人，曾經愛戀我們，而今只能遙遠對望。

媽媽的這一生結束了，肯定無法再在一起了，塵歸塵土歸土之後，只剩思念，她給過我什麼？

幸福呀，我懂了，這件事不是用說的，而是用做的，不是錢買的，它是心釀的，幸福可以很簡單，它是一句話，一個思念，一個擁抱，一個換位思考就可以到達的夢的光點，幸福的港灣。

媽媽給的幸福，我正一點一點把它找回來放在文字之中，積累起來，肯定會是一首動人的詩了。

1 禁令下的溫柔

禁令這件事在我家有多重意義，可能是禁忌，指月亮會被割耳朵這件事，讓我有一段期間根本不知該把手往哪兒放，尤其中秋節皎潔的月亮探出頭來時，很容易不小心便往上一指，觸犯了禁忌，起床後一定會很不安的摸一下耳朵，看看是否還在？夜裡不可以吹口哨，否則會引來催魂的鬼，偶爾吹了幾聲，媽媽便會扳起臉兒，要我們閉嘴；也可能是大人的操心，害怕一個閃失一個盼了三四十年才生了下來的兒子，就因而消失不見了；更多的禁忌一定是愛，關心我們出門在外的安危。

媽媽生在那個相對物質缺乏的年代，辛苦忙碌了一天，多半只能得了幾個錢，大約飽餐一頓，我們還得空地利用，種些蔬菜，養些雞鴨，圈著幾頭豬，才得以有餘款讓孩上學讀書。

地瓜葉給豬吃，香氣四溢的地瓜解饞，愛物惜物珍視每一樣資源。

父母為了一家生計打拚，早出晚歸是常有的事，一旦農忙收成，父親負責田裡果園的事，媽媽忙於下廚做點心賄賂工人，根本無暇顧及我們這些小毛頭了，從雪山的頂峰汩汩流放而下，經由小溝渠，溢滿而成的河，便成了我們的天堂。

鴨母寮的兵營圍城邊是一處三條合流的三角洲，由於沖刷的關係，水深二三米，魚蝦聚集，非常合適跳水，嬉遊，我們愛極了，不止暑期假日，平常我們從國小放學也是彎進這個河流花園，脫下褲子一躍而下，游上好幾回。

只是這裡有可怕的漩渦，每年總有一兩位小孩因而不幸淪為波臣，慢慢形塑成了媽媽口中牢不可破的禁忌：「捉交替」。

媽媽一定是信的，而且常常似有若無的盤問有無去那裡游泳？我的口徑一以貫之，非常統一，保證沒有，但天知道。

中元節之前她會加強宣導，三令五申，違者論處，即使我曾以為釣上很多魚就可贖罪，依舊罪無可逭，被帶回家藤條伺候一頓。

海的無垠無盡，綿延到天邊，媽媽更是畏懼，海邊遠足有老師保證再三她仍非常抗拒，壯圍抓鰻苗是唯一破例，當年鰻苗的價格極好，即使一夜未必致富，但可得很多錢，她是掛慮，卻在同學爸爸的保證下點頭應允，那非有錢可使鬼推磨的貪念，而是窮人的一口飯之悲哀吧。

魔神在鄉野裡是無所不在的，媽媽也是深信不疑的，可以繪聲繪影說出五段唬人故事，要我別跟人到藏匿魍魎鬼魅的幽深山林玩樂，但不得已非得由我負責上山撿拾柴薪拉回家升火以供灶神食用，則另當別論，也許兩難，媽媽有著明知山有虎偏向虎山行的無奈。

員山第一公墓在日據時代是一座被挖空的山，密密麻麻都是防空壕，廢棄荒涼之後被當成金斗甕的暫厝處，走過一旁油然而生一股陰涼，我只被允許在山下的相思樹林拾薪，但每回出門一定會交代不可以對著墓碑上的相片多看一眼，否則會被攝了魂，這種想法應該出自慈禧太后，把照相機當成攝魂器，會勾去人的魂魄，可是無論我如何小心，總會在摸黑找路回家時，與相片的容顏四目交接，嚇得魂飛魄散，同一時間便會擔心墓穴裡頭會突然張出一隻手把我拉了進去。

媽媽的禁令，早年我完全不能理解背後的心思，操心什麼？為什麼要信算命的，命中犯水不能游泳？愚婦！直到自己當了爸爸，老媽慣例把孩子八字讓人批了，得了一些結論，有些嚴重提醒，當下的心情是不信又不敢不信，一顆心盤據了烏雲，糾結在心，才知道難為的不是迷信，而是愛。

兒子要騎摩托車環島旅行半個月，我嘴巴說贊成，把它當成轉大人的神聖使命，但骨子裡仍是掛念，怕有意外，我的良心會苦一輩子，原來禁令不是禁令，而是染飾著愛的掛心，一種無以分割的母愛，即使我明明知道那是假的，沒有人是上帝，如果生來有命，但運又可以改命，那命又算什麼？它是術士手中的提款機嗎？他用運轉機改了你的命，賺了你的錢？

這種分析中規中矩，完全符合事實，只是發生在自己身旁，兒女的事，還是不會盡信又不敢不信了。

媽媽不愛吃蘋果是騙人的，外婆捨不得吃，給了這個心愛的女兒，她又捨不得吃用小花布巾包著掖著，轉了幾趟公車回到員山給了我們，騙我們她吃好幾粒。

她不愛雞腿這事是假的，雞脖子、雞屁股最好吃還是假的，因為「最好吃」三

個字屬於兒女。

這些事在一夜陰雨，貓頭鷹在林間低鳴，一片寒霜抖落了一頁揪心之後，模糊的往事一一翻找出來，暗黑的潛意識浮升到明亮的意識，原來媽媽的愛是一題「謎語」，苦了我用歲月去猜，終於弄懂了愛在父母那個年代，不是心動，而是行動，隱澀不明反而是好事，懂了便痛了？

美國詩人愛默生說：「播種一個念頭，收穫一個行為。播種一個行為，收穫一種習慣；播下一種習慣，收穫一種性格。播下一種性格，收穫一種命運。」

那愛需要一種什麼樣的播種才不會錯過？

2 味蕾的記憶

冬日的早晨，從海的方向依著蘭陽溪口毫不留情灌了進來的東北季風顯得格外刺骨凍人，絲絲飄落的雨夾在其中，被窩成了戀棧的避難所，努力賴床，上學快要遲到的時候，才懶洋洋的情非得已從熱呼呼的棉被裡爬了出來整理書包。

媽媽可就無法與我們一樣偷懶，必須在黑幕未散，天光昏暗起身，點一燭火，費勁燃起柴薪，一根根添上，為我們親手熬上一碗清粥，豬舍旁鮮採的地瓜葉成了美味佳餚，夏天剛醃製的醬瓜，出味的豆腐乳，在我們的舌尖上爬梳，竹筍園中找著母雞剛下的蛋，媽媽匠心獨具的煎出焦黃適中的菜脯蛋成了絕佳佐料，萬一可以配上一條隔壁早餐店現炸的油條，淋上甘醇醬油則是人間美味。

花生盛產的季節，我們奉命待命，等到收成完畢後，農人一聲令下開放自家的園地，讓我們一哄而上用手上早早準備好了的鐵釧子，使勁鬆開堅實泥土，挖找其中可能的殘粒，媽媽再曬乾它們，鹽炒花生米，成為粥的夥伴。

這是我能想到記憶中最美好的早餐，即使一成不變的伴我成長，書寫編撰我的童年，依舊溫馨動人。

河是我的另一個母親，屋前二十公尺下一個斜坡就到了，在沒有三C產品與遊樂場的枯燥童年，河成了天堂；平淡無華，日日相似的餐點之中，最有變化的驚奇在河中，下河摸上生鮮的蜆仔，吐沙一兩天之後，便可以下鍋煮出一道鮮甜的薑絲蜆湯。

假日期間，玩伴常常隔著窗對我擠眉弄眼相約到河上垂釣，這事我喜歡極了，偷偷取出藏在農具間的釣竿，用迅雷不及掩耳之勢閃過父母法眼，一夥人來到河流轉彎處的崩坎垂釣，媽媽明著是反對，但我確信她是默許的，好幾回就是透過她的掩護我才偷闖成功的。

釣上鮮活有勁的魚，會成為擋箭牌，告訴父親釣這麼多不可以打等等，那是我們那個清貧年代，蛋白質的重要來源之一，鯰魚與鰻魚屬於高經濟作物，鄉下人傳說的養生補品，媽媽偶爾用牠燉補中藥滋養我們身子，但多半捨不得吃，用來換錢，剩下的溪哥與鯽魚多刺，酥炸最美味，那時蝦蟹極多，撈捕就有，毛蟹有寄生蟲，被擊碎用來餵食雞鴨，斑節蝦好吃，水煮一大盤常與弟弟搶食。

肉與海鮮只能望梅止渴，雞鴨雖然養在天井，但百分之九十九得販售出去換錢的，只有逢年過節宰殺我們才有口福，豬肉要等到作醮，或者曬製成臘肉形式，一天切下一小片拌炒青菜，海鮮非過節不可了，尤其是高貴的鯧魚、黃魚與加蚋等等，每一口都是奢侈，不能浪費任何一個小屑屑；為了吃魚這件事媽媽應該煞費苦心，買來一堆廉價雜魚，燒柴乾煎魚脯，裝罐成了我上學帶便當加菜的佳餚，或者把魚打成漿製作成一粒粒的魚丸，加上蘿蔔、白菜成了一鍋鮮甜的魚丸湯。

我們只負責吃，肉香是大人的賜給，我們用嘴，他們得用力賺與用心想，最後留下來讓我們解饞。

豬肉確實得之不易，不敢放肆大快朵頤，夏天酷暑便常放出了異味，媽媽再用鹽與米酒加工，這種肉成了她的私房菜，當起逐臭之媽。

我家附近有兩座軍營，因而形成幾個不同的眷村，我喜歡村子裡九轉十八折的巷弄，彷彿迷宮似的，看似盡頭又轉彎有路，柳暗花明又一村，成了我們放學後躲貓貓的好去處，同學家的經濟條件相對我們就好上許多，吃肉容易，我們經營雜貨店，算生意人，偶爾會送貨過去，父親便厚著臉皮開口用換的，本意可能是為了我們這些孩子吧，他們都樂不可支答應，一打啤酒換一隻有著家鄉味的臘味，等同雙贏，隔日便當裡就多了一隻同學媽媽製作的滷雞腿，或者四川菜、湖南臘肉了。

這種以物易物的方式媽媽肯定不熟悉的，第一次開口，必定脹紅雙頰，做了一件不可能的任務，動力一定是愛，理由很單純就是想給孩子多一點點好吃的，讓我們的成長多一點養分。

「媽媽」這個稱謂本身就是力量，含藏了無論如何都願意為了自己的兒女犧牲一點。

米爾說：「母愛是世間最偉大的力量。」

應該就是這個意思吧。

3 五塊錢

兩個僧人發願要去西方取經，大和尚努力建構，募集資金，錢夠了才敢踏實動身求法，小和尚說走就走，一個人一個缽就啟程了；多年後，大和尚仍在募集資金，小和尚已求得法門，並且替大和尚帶回來了經書。

爸爸很像那個小和尚，用五塊錢說走就走闖蕩自己的武林。

「五塊錢」的故事一定是爸爸引以為豪的，才會宛如章回小說，一說再說講了幾十回了，那是他的生命縮影，處事的哲學與態度，想告訴我們：「可以沒學歷，不可沒骨氣，還要有志氣，否則會生氣。」

那是奶奶在他預備離家工作，自己書寫人生時偷偷塞進他包袱中的「母錢」，爸爸用它，加上努力與韌性生出了之後家裡頭我眼中所能看得見的所有「子錢」：「一切家當」。

父親是信仰毛姆的：「要使一個人顯示他的本質，就要教他如何承擔責任。」

他不識得這句格言，但卻用同樣的形式示我，提點如何成為自己的「人生掌舵者」。

父親確定不是CEO，但卻很早就明白，成就這件事百分之八十不是依靠才華，而是「態度」。

查爾斯．史溫道爾便說：「態度是學歷、經驗之外，人格特質的總和。」

父親的人生歷練是否也藏了三把金鑰匙，企管專家口中的成功三支箭？

可是他並沒有傲人學位？第一支箭他是缺的呀，但麥卡洛在對畢業生演講這樣說：

如果每個人都是特別的，那就沒有任何一個人是真正的特別；如果每個人都得到一個獎杯，那獎杯就會變得毫無意義。不要只是乖乖的唸書拿文憑，跟你一樣正在這樣做的，世界上有千千萬萬人，這樣的你們一點也不特別。

一條街如果全開診所，病人在哪裡？

是的，爸爸與眾不同之處可能就在這裡，他依靠的是「經驗」，一出社會便接受挑戰、磨練與失敗，鍛造出專屬的人生，他四處漂泊，天涯是教室，山水間上課，用「時間」烘焙出智慧與韌性。

我的人生修行一大部分可能不是學校教我的，我的教育的理念教授可能就是父親。

他的經驗讓我發現，學歷可能是不夠聰明的我們唯一可以依靠的一張說明，但像這樣有智慧的人並不需要，我們用文憑寫世界，他單靠閱歷就行了；我在學歷這個欄目上遠遠高過父親，但深謀遠慮卻遠遠不及，他聽得出四季的聲音，我不行，他覺察得了風雨雷電，我不能，颱風登不登陸他觀星望斗便知，這不是神通而是經驗。

「態度」是他另外一支箭，謙虛肯學是王道，他並非一下子就成為好農夫的，當時也沒有農民輔導的機制，全部是摸索得來的，以及老農夫們的傳承，他知道很多事是自己學不來的，要有人教，但是想要有人教你，唯一的方式是謙卑肯學，父親說：「懂得自覺不會的人比一直認為自己什麼都會的人聰明。」

我有這一支箭，應該是老爸給的，在寫作的這一條路我一直保有初心，一直相信自己只是一個人，不是名人，所以只有謙卑沒有傲氣。

是的，我不行。

但它是在通往我行的道路。

林則徐的格言父親不太可能讀過：「子孫若如我，留錢做什麼，賢而多財，則損其志；子孫不如我，留錢做什麼，愚而多財，益增其過。」

金錢史觀是他的第三支箭，從小到大次次回回教我物於役，不要役於物，要自己用釣竿釣魚，不要老想他人給魚。

父親設想周到提點價格與價值的不同，我親眼見著他把自己辛苦一季賺來的錢變成別人口袋裡的錢，錢非錢，而是載著慈悲的信物，如此一來，錢就不會是貪婪的東西，一種聚歛，一生的盲從，適可而止才會有風花雪月，道理不難懂，但多數人用了一輩子追逐卻不懂。

「就是一口飯！」

隨著歲月淘洗漸次懂得其中哲理，一口飯怎麼會難？最難的是我們往往想要一座山吧，爸爸三番兩次說他是幸福的，但窮人如何幸福我曾不解？還是一口飯吧，他努力便可得到一口飯，很多人與他同樣努力卻遍尋不著，所以他不吝惜給人一口飯。

父親教我「省」是得，我把得化約成了善念基金，用來助人，他讓錢成了慈悲，我讓錢變成意義。

慶幸父親把五塊錢的故事，講了很多回，我才能夠在因緣聚足的當下懂了五塊錢裡藏著的慈悲喜捨，它指引出一條最美的人生風景！

4 時光收藏簿

三毛說：「人在回憶裡徘徊，也在回憶裡撲空，這種惆悵我是懂的。」

我與父母的人生確實一直徘徊與撲空，我與他們共有的合照更是少之又少，在我讀大學之前我們很少或者應該沒有一起拍過任何一張相片，我與父親的第一張合影可能是在政大，他從宜蘭來指南宮參拜順道到校園看我時合影的，至於相機是誰帶的，我已經忘了，我家沒有這種先進產品，爸爸也不可能會拍照，但確實有這張珍貴的留影，我與他就站在政大的四維堂前；我與媽媽的第一次合影應該更晚，連結婚時，我們都忘記合照，可能直到我當了爸爸，她當奶奶時才願意入鏡成了相片裡的一角。

他們相繼離開人間，我一次次不死心的在房間裡翻箱倒櫃找尋留存的記憶，關於我們的定格攝影少有收穫時，不免有些遺憾，以前為何不拍照？可能窮，後來為何不拍照？可能生疏，親子之間何以生疏？我便不太懂了。

父親缺少如我友人一樣的心思，把兒子穿過的第一雙童鞋，拿去鍍銅，收藏起來，成了一個特別的留念。

第一件小衣服、小褲子、小襪子，則用心裱成畫，掛在家中的牆上，他形容那是無價之寶，孩子結婚後才會用愛的形式還給他們。

人與人之間最美的事在他看來不是成就，不是財富，而是人情。

為了不讓兒女們有一天與我有著相同的懊悔，我開始用心收集一本屬於他們的時光讀本，成長資料簿。

但這件事我不是行家，沒有家族編輯史的經驗，但太太家有的，一整面書櫃都是成長相簿，那是岳父的傑作，按年月日拓印他的孩子的成長變化，時間彷彿靜止一般，定格在他們共遊的那一天，記憶原來不止不會遺忘，可能還會被複刻，太太如法炮製出與岳父一模一樣的做法，騰出一整個櫃子，有條不紊擺放她精心依照年月日分門別類出來的，我們共遊的相片。

我的角色比較像資源回收人員，把孩子們隨意塗鴉的作品，一張張收起來，並且黏貼筆記本上，即使是衛生紙我也不放過，女兒長大後有一回無意中看見這些成長故事，驚訝的說：「這些你都保留？」

那一天兒女在房裡出神歡喜的墜入了時光隧道之中。

記憶簿中有太多我記不得又有趣的事，笨蛋爸是什麼意思？還畫了一個小矮人，寫著零點零二公克，這就是笨老爸嗎？她想把我縮小，理由是我很討厭嗎？

還有一張十堂會審的畫，對象看來也是我，眉批我是天下最爛的壞蛋，有這種老爸，真是倒楣。

還有一張數學題，從一寫到一百，女兒考弟弟的，兒子一到十都對了，但十一之後便亂寫了，女兒給他八十七分，說他只有五歲，能這樣就不錯了，童年童語有趣極了，女兒看起來比一些老師更像老師，很有溫度。

「我們都需要真實的，有感受的，看得見的，有紀念價值的，為了只是以後好用它來想一想的回憶。」

對的，爸媽離世之後我發現，我真正想要的不是財富，而是闔上眼可以看得見的回憶，其他的根本不值一提了。

生日蛋糕，一起吃一頓飯，閃光閃了幾下是一般人的生日印記：「這就樣嗎？沒有別的？」

我不喜歡一成不變的慶生方式，我要求不用送我禮物，不必請我吃飯，但一定要有一張卡片，幾行字，幾句話，眉批感恩，我希望孩子們在卡片上真心寫下父母的好，我再小心翼翼收藏起來，用眼印烙，用心銘記，放進時光的錦囊寶盒之中。

語言如刀，如果不是必要，我不喜歡庭訓，叫到跟前說教式的責怪，我善長學曾國藩用家書的形式與兒女們講理，下紙條便成了一種慣性，有時難免老套，但也不乏格言語錄，或者一段感性的叮嚀，比方說：「努力的人未必成功，不努力一定不會成功」；「書猶藥也善讀之可以醫愚」；「專業不是說的，而是用做的」……這些話的確有些老學究，並不討喜，我以為他們可能一看不爽便扔了吧，這些一時衝動下的產物，我並未特別在意去留，但女兒留學英國後，我偶爾會替她整理房間，竟意外發現自己的隨興傑作，它在書櫃抽屜的一角，被她收集成整整齊齊的父親語錄，她原來是把它當成寶的，我真的又驚又喜。

「還好，我們有這一本回憶簿。」

以後無論我多老，他們天涯海角，都會因它，星夜中，坐在如水的夜裡細數，將當初的每一個細節放大，溫暖我心中的角落，成了彼此記憶中惦念的銘刻吧。

九歌文庫 1283

愛的幸福存摺

著者　游乾桂
繪者　Yumi You
責任編輯　鍾欣純
創辦人　蔡文甫
發行人　蔡澤玉
出版發行　九歌出版社有限公司
臺北市105八德路3段12巷57弄40號
電話／02-25776564・傳真／02-25789205
郵政劃撥／0112295-1
九歌文學網　www.chiuko.com.tw
印刷　晨捷印製股份有限公司
法律顧問　龍躍天律師・蕭雄淋律師・董安丹律師
初版　2018年5月
初版 2 印　2020年1月
定價　280元

書號　F1283
ISBN　978-986-450-165-6
（缺頁、破損或裝訂錯誤，請寄回本公司更換）

國家圖書館出版品預行編目(CIP)資料

愛的幸福存摺 / 游乾桂著. -- 初版. -- 臺
北市 : 九歌, 2018.05
面；　公分. -- (九歌文庫 ; 1283)
ISBN 978-986-450-165-6(平裝)

855　　106022865